在美利坚访学的日子

叶康为——著

译林出版社

图书在版编目(CIP)数据

在美利坚访学的日子 / 叶康为著. —南京：译林出版社,2017.7

ISBN 978-7-5447-6774-3

Ⅰ.①在… Ⅱ.①叶… Ⅲ.①游记－作品集－中国－当代 Ⅳ.①I267.4

中国版本图书馆CIP数据核字(2016)第296415号

在美利坚访学的日子 叶康为 / 著

责任编辑 胡晓平
特约编辑 刘 池
装帧设计 侯海屏
责任印制 颜 亮

出版发行 译林出版社
地　　址 南京市湖南路1号A楼
邮　　箱 yilin@yilin.com
网　　址 www.yilin.com
市场热线 025-86633278
排　　版 南京展望文化发展有限公司
印　　刷 江苏凤凰新华印务有限公司
开　　本 718毫米×1000毫米 1/16
印　　张 13.25
版　　次 2017年7月第1版 2017年7月第1次印刷
书　　号 ISBN 978-7-5447-6774-3
定　　价 58.00元

美国是一个多元化的国家。每个人的眼中，都有一个不一样的美国。

——题记

序言

离开美利坚土地的日子日益临近，心头却五味杂陈。犹记得初次踏上这片土地时的陌生、忐忑、激动，之后经历的欢乐种种、挑战种种，偶尔掺杂着思念与感动，最后都化为这万般不舍，辗转反侧之际竟闻窗外滴答雨声。

美国是一个多元化的国家。每个人的眼中，都有一个不一样的美国，即便在不同的时期看美国的感受也不同。未到美国时，我对她的认知仅停留在“发达国家”。在这短短不到一年的时光内，我与她相识、相知，于细微处发现她更多的面：多元的文化、繁荣的经济、民主的政治、壮丽的风景……到如今面临离别，却又期待与她的下次相遇。最初写随笔只是记录我在美国的所见所闻，不知不觉竟已成册了，承蒙译林出版社接纳出版。书中涉及在美国衣食住行的生活细节、真实的游学故事、有趣的旅行日记等，很开心能借此机会以图文的形式分享给大家。

最后，我真心感谢暨南大学和加州大学欧文分校（University of California, Irvine，简称UCI，后文都以UCI称之）的支持，让我有了访学的机会；感谢陈勇教授和蒋海教授的帮助；感谢选敏阿姨一家的悉心照顾；感谢与普阳、斌哥、磊哥、彩芳等一众友人的相识；最后还要特别感谢我的家人、爱人的理解与陪伴！

2015年9月15日
于加州欧文

目录

旅行篇

校园篇

UNIVERSITY PARK LIBRARY

SALAD, SOUP & MORE
DRINK UP!

生活篇

PARK WEST
APARTMENT HOMES

PUSH
BUTTON
FOR

ST. MARY'S
EPISCOPAL
CHURCH

旅行篇

远渡重洋
——飞行篇

怀着激动而忐忑的心情，我终于登上了前往美国的飞机，这趟飞行大约一万英里，由上海浦东机场直飞洛杉矶国际机场（可使用天巡等综合搜索的网站，结合价格、时间、转机等因素购买适合自己的机票）。漫长的十二小时飞行时间如何轻松愉快地度过呢？我有一些心得。

首先，座位要选好，如果你想欣赏窗外的风景可以选择靠窗位置，艳阳和皎月下的云海风景变幻莫测，如果运气好还能碰上瑰丽壮观的晚霞云海。不过考虑长途飞行还是偶尔站起来活动下筋骨比较好，所以我选择了过道位置。大家根据自己的需要，提早在预订机票时确定座位。

其次，长途飞行一定要保证良好的睡眠，不然倒时差会很辛苦。飞机上空调有时开得比较大，虽然一般都会提供一条小毛毯，不过还是建议怕冷的乘客随身携带一件厚外套，以备不时之需，温暖可是保证好睡眠的前提。当然对于睡眠质量要求高的人，还可以准备专用的旅行枕、眼罩、耳塞等物品。还有一项我觉得极重要的物品——一次性拖鞋，在飞机上坐久了常常脚肿，换上自己柔软的拖鞋，舒适度立刻上升。

再说说食物，从中国飞美国的航班一般提供两顿正餐和一顿点心，对于食量大的乘客也许不够，而且种类也不够丰富，所以可以自备些零食，随时补充能量。国际航班上一般还提供免费的白葡萄酒和红葡萄酒，不过品质就不要强求了。如果遇上可提供泡面的航班，那就不得安宁了，一个人买的后果就是一拨又一拨的人"奋起直追"。

最后谈谈娱乐项目，一般每个人都会有一台小型的电视，而且电影、电视节目每月都会更新，常常可以看到最新的电影和电视剧集。另外还有小游戏、收音机等供选择。特别值得推荐的是国际航班上的免税商品，种类繁多且价格划算，总会淘到好东西。

在飞机上，乘务员发了两张单子给我填写，一张是美国海关出入境登记表I-94，另一张是美国海关申报单6059B。I-94中需要填写在美国的地址，因为我还不知住处的地址，所以可以填写学校国际交流处的地址。此外，还需注意生日填写的格式为日/月/年。大家填写报关单时切记要诚实，不要带禁止携带入境的物品，如果不小心带了也要诚实填写，最多被没收，如果不诚实就很有可能留下不良记录。

所以只要准备得当、休息得好、吃得好、玩得开心，这趟长途飞行将会是一次轻松而愉快的旅程！

远渡重洋
——入境篇

经过漫长的飞行，我终于踏上了美洲大陆，离目的地加州大学欧文分校只有一步之遥。不过可没时间左顾右盼了，赶紧带着I-94、6059B，以及护照、DS2019（访问学者的专用表格）前往海关处办理入关手续。作为持非移民签证者，我排在了Non-Residents（非美国居民）的队列，本来有三个窗口正在办理手续，后来因为入关的人越来越多，排起了大长队，又多开了两个窗口加快进度。

边境移民官看上去都很严肃的样子，有些人被问了好多问题还不放行，真让人担心。这不免让快排到的我有些小紧张。这时在我前面的两个学生模样的男生被拦了下来，移民官看了半天他们的资料，就是不给过关，还叫来了工作人员准备将他们带到“小黑屋”去盘问，我就更紧张了。终于轮到我了，移民官先是检查了一遍我的资料，然后问了句："What's your major ?"（你的专业是？）我故作从容面带微笑地回答他"Finance"（金融）。还没等我反应过来，他就拿起了入境章，依次盖在了我的I-94、DS2019和护照上。我的内心乐开了花，窃喜移民官才问了我一个问题，真是感谢我的爸爸妈妈把我生得这么面善，哈哈……

接下来就要去领托运的行李了，带着行李排队验关，并将报关单交给工作人员，一般都会直接通过的，但是"人品不好"的话很有可能被抽查，听说过一些验关人员欺负中国友人的事，不过这次完全没遇到，运气真的很好！

那就借着这份好运气向下一目的地进发，UCI，我来啦！

远渡重洋
——抵达篇

在洛杉矶国际机场落地后，我找到定好的接驳点，耐心等待接驳车的到来。这种车是同一个方向的几位旅客一起分摊车费，每个人20美元（一般再加5美元的小费给司机），然后按路程远近依次送每一位旅客到目的地，一般像洛杉矶这种大一点的国际机场都有这种服务。

送我到欧文市（Irvine，又叫尔湾市）的司机是个白发苍苍的老爷爷，大概已经七十多了吧，但他仍热情地帮我拎了两大箱子的行李。他从晚上八点开始工作，这一趟总共有七个不同地点的人搭他的车，第四个小伙子在途中跟他聊得最投机，都聊到埃及了……两人还不停地互相称赞，这种欢愉的气氛减少了我对这里的陌生感。

老爷爷其实已经老花得挺严重了，不过捣鼓起两个导航仪和一台iPad真的是惊人的节奏，有点像美国大片里退休的CIA（中央情报局）人员。接下来就轮到送我了，由于天色更暗了，我只能将地址一个字母一个字母地报给他，慢慢输入导航仪，顺利找到地址后他又开心地发动了车子，途中还偶尔挥舞他的右手（不知在干吗），自言自语两句。

约莫晚上十点，终于到了我的目的地——Night Bloom小区，因为学校还在放假，所以我先在选敏阿姨家落脚。她是妈妈的发小，已经多年未见了，没想到居然在欧文定居，都是缘分。今后还有很多关于她一家的故事。司机爷爷仔细地帮我找门牌号。选敏阿姨肯定是听到发动机的声音跑出来接我。司机爷爷停好车又热心地帮我将行李搬运下来。大家还互祝了下新年好道别。临别我给了爷爷五美元的小费。美国是个小费国家，这种机场接驳司机的收入大部分来源于小费，而且他们服务那么周到，怎么好意思不给呢？

经过两小时的折腾，我终于安全顺利地到了选敏阿姨家，感觉既温暖又激动。现在外面黑的什么也看不见，不过我内心却满怀期待地准备迎接明早的朝阳升起，开启在美利坚的新生活！

拉斯维加斯和大峡谷

四天三夜里我们一行六人跨越了美国三大州：加利福尼亚州、内华达州和亚利桑那州。每天驱车四五个小时抵达下一目的地，一路上大家开着音响，谈天说地，欣赏沿路的风景，好不美哉！

这是我第一次参与自驾游，六人合租了一辆商务SUV，租金大概90美元一天，加上保险等其他各种费用120美元一天（由于车行没有我们预定的SUV了，所以给我们免费升级了商务座的SUV）。第一天一大早六点我们就踏上了前往拉斯维加斯的旅程。路上很顺，虽然是星期六，也没有拥堵现象（一到节假日前往拉斯

维加斯狂欢的人就特别多)。天气真是变幻莫测:五秒钟大雾,两秒钟放晴,三秒钟冰雹,两秒钟大雨……简直比十八岁少女的脸还要多变。

一路上以荒漠风景居多,热带植物星星点点地分布其中,两旁低矮的山脉连绵起伏,就在这一路的荒漠风景中突然跳出一片高楼。这份突兀带来的惊喜就如"久旱逢甘霖"一般。城市欢迎道路上居然还增添了"中国羊年"的喜庆元素(看来到这里来的中国人不少)。进城后,车水马龙,高楼林立,俨然让你忘记其实身处荒漠中。拉斯维加斯绝对无愧于"不夜城"的称号,因为街头最拥挤的时候是午夜时分:街头艺人、灯光表演、音乐喷泉、火山喷发秀、空中秀、各式聚会等,应有尽有,让人目不暇接。

一般来到这里的游客就是冲着吃喝玩乐的,所以一定要尝试下各大主题酒店的自助餐,我们品尝了两家,一家是Aria(亚洲航空公司经营的酒店),另一家是Caesars Palace(凯撒酒店,据说是吴彦祖的岳父经营的)。两家都是五星标准,但是凯撒酒店略胜一筹,在自助餐的排名中也是位于世界前十的。在拉斯维加斯的自助餐里必不可少的一道菜就是阿拉斯加长脚蟹,即使不蘸任何酱料,那份鲜甜的味道也是一流的。有一点比较奇怪的是,饮料不可以自取,基本都需要找服务员点,大部分碳酸饮料、柠檬水、茶和咖啡都是免费的。大家吃完后记得给服务生大概12%—15%的小费。在这里只有你想不到的,没有你吃不到的,而且相比世界其他地区的自助餐,拉斯维加斯的性价比是最高的,基本上在这里待个两天就会胖上几斤。

再说说玩。一些著名的酒店门口会有大型的免费表演。比如Bellagio(贝拉吉奥大酒店,又称为百乐宫)门口的音乐喷泉,每隔三十分钟就会表演一次,而且我看了四次

都没有重样的；Mirage（迷拉吉酒店，又称为海市蜃楼）门口是火山喷发秀，真实的火焰伴随音效，的确让人身临其境；Fremont Street（费蒙街）每晚的天幕灯光秀也是老牌的表演了；我们入住的Luxor Hotel（卢克索酒店）模仿金字塔的形状，塔顶的一道光束可以直接穿透云层，而且这已经是为了避免影响航空而调节的十分之一亮度了……还有很多需要买票进入酒店内观看的表演，我们选择了老牌的空中秀“Fantasy”（奇幻歌舞秀）。未满十八岁是不得入场的，入场后禁止拍照，一旦发现就会被抓出去删除手机中所有照片，表演后再归还手机。不过表演结束后这些表演者会在门口大方地跟观众合影。我最喜欢其中一个跳空中缎带舞的美女，绝对是杂技演员的身手，而且她有一种异域风情的美感。总体而言，拉斯维加斯的表演以华丽、性感、妩媚为主打风格。当然也有大卫·科波菲尔这种大师表演的魔术，还有《歌剧魅影》这种老牌的经典秀。此外也有适合全家一同前往的幽默喜剧秀、大马戏、互动魔术等。

众所周知，拉斯维加斯最出名的要属“赌”了，所以这里又叫“赌城”。其实最初这里建立起来是为了供修建“胡佛大坝”的工人和家属居住的，慢慢就有了这座城市。而内华达州非常穷苦，政府为了拉动这个州的经济就想了个兴建“赌城”的办法，吸引周边的游客前来。没想到这个计划如此成功，如今吸引着世界各地的游客慕名而来。不过也带来了不少社会问题。拉斯维加斯的酗酒率就居全美首位，自杀率、犯罪率也都相当高。赌场里的客人总是络绎不绝，当然有人欢喜有人愁，多数人还是会输钱走人的。不过看着那么多各式各样的老虎机，游客要忍住不下手也有点难度。我们同行的几个人为了练习，还自己玩了一下“德州扑克”，可是真到了赌场里吓得没人敢上桌，因为坐在赌桌旁的基本都是大叔级的老手，动辄500美元的筹码往下押，小朋友们还是看看就好了。赌场里常常会有人核查身份，如果没带护照就不可以玩，会被请出去。

此行还有另一个重要的站点——大峡谷。我们去的是“南峡谷”，居然遇上了这里百年一遇的大雪。第一天大雾，我们在观景台足足等了二十分钟，也只能看到忽隐忽现的峡谷深处，恍如仙境一般。第二天我们再去时已经是漫山白雪加大雾，什么也看不清了。这是何等的运气才能遇见雪中的峡谷呀，看来上天是要我们等转暖后再来一次，先给我们留下点念想了……峡谷中的动物很多，开车时要放慢速度，以免它们跑到车道上时撞伤它们。不过幸运的是，回来的路上，我们居然偶遇了“西峡谷”，这下终于看清了大峡谷的模样，科罗拉多河蜿蜒于峡谷中，谷壁赤红色、青绿色、灰黑色相间，绵延数百里，令人不得不惊叹于大自然的鬼斧神工。

放慢脚步，品味一座城——旧金山

因为老公来美国开会七天，所以我们有机会慢慢品味这座城市，总的感受是“好坏参半”。先说好的方面，这是个海滨城市，天然的海湾是这里一道独特的风景线，著名的红色金门大桥就横跨在海湾上，另一座横跨三座岛屿的海湾大桥连接着旧金山和奥克兰。相对于美国大部分城市，这里生活较方便，交通较便利，至少依靠公共交通也可以到达任何地点。这里是世界文化的大熔炉，有中国城、日本城、小意大利，更有嬉皮士社区和同性恋社区，等等。坏的方面则体现在这个城市的混沌、脏乱。市区满街都是流浪汉和“神经不正常”的人，而且我发现旧金山的行人都很爱自言自语。在这里的七天，我们遇到了多次警察抓人、救火车救火，其中还有一次警察就在我们逛街的店门口抓的人。我们也多次被流浪汉“惊吓”，有拿着铁棍的流浪汉，还有拿着大型工具铲的。每天走在路上都提心吊胆的。最后一天我们还撞见了拆弹警察……

我最喜欢的是旧金山的建筑风格，跟它的文化一样，这里的建筑也很多元。金融区的建筑是现代、欧式的风格，各大金融机构的门面都透着一种

"高大上"的气质，门面修建得仿若皇宫一般。有些特别牛的机构比如富国银行、美国银行等隔几步路就会看到它的另一个门面。这一带最显眼的要属泛美金字塔，它是旧金山最高的摩天大楼。半山住宅区主要以维多利亚式建筑为主，由于旧金山曾发生大地震的关系，这里的房屋普遍较矮，以两层的联排小楼为主。每一幢小楼房的外观都不同，可以看出这些建筑很古老了，还能看出翻新几次的痕迹，仿佛在诉说着历任主人的故事。最知名的建筑是位于Alamo Square（阿拉莫广场）的"六姊妹"，它们是旧金山一次八级大地震后幸存的六幢联排的小楼。日本城里的建筑基本是日式风格的，有很多日本夫妇开的居酒屋、拉面店和糕点店，很吸引人。这片区域的核心是"和平宝塔"，每年在这里还有个樱花节。唐人街到处都是雕梁画栋、红墙绿瓦的楼宇，古老的街道处处体现着中华古文化的特色……此外，旧金山还有各种不同风格的教堂、博物馆、公园等，如市中心巴洛克风格的市政厅、在雾中忽隐忽现的金门大桥、坐拥无敌湾景的渔人码头、考验司机车技的九曲花街……

旧金山的各种美食当然也不可错过，就我们的体验来说，以下几家很值得推荐。Crab House（蟹屋）的海鲜大餐，尤其要试试它的珍宝蟹、鲜虾、贻贝，配上秘制的蒜香酱汁，那纯正香甜的味道简直一流。我们是将近日落时分才来到店里的，很幸运地坐在了靠窗位子，欣赏着金色的晚霞、波光粼粼的海面、翱翔的海鸥，品着微甜的Mojito（鸡尾酒的一种），仿佛时间在此刻都为我们停驻一般，甚是浪漫。再说说Boudin Sourdough Factory（波丁酸面包工厂），可以透过透明的玻璃窗参观面包制作的过程，面包师傅会将酸面包捏成各式各样的形状，有鳄鱼、兔子、螃蟹等。这里的特色菜肴是蛤蜊奶油浓汤，盛在酸面包制成的容器中，吃这样一道简餐大概就饱了，实在是物美价廉。市中心有一家中餐馆Fang Restaurant（大唐方厨），那天我和朋友一起去，或许因为我们是当天第一桌中国客人，主厨亲自接待了我们。主厨看上去是五六十岁的老人家了，他还是这家餐馆的老板。他先给我们看了份秘密的中文菜单，结果我们三分钟还没想好点什么。他就笑眯眯地问我们："喜欢吃辣吗？""喜欢呀！不过也不能太辣，我朋友不能吃太辣。""好的，我明白了，我帮你们点吧！"实在是太神奇了，我们就这样默默地看着他走向后厨的背影笑了。没过几分钟，就有服务生端上了一道乳白色的汤，我们品尝了，好久也不知道是什么汤，但是味道真的很鲜美。接下来又上来了南京盐水鸭、酥炸牛肉

块、烩菌菇。不愧是主厨的手艺！菜都上齐后，他又默默地带着神秘的微笑走过来问我们好不好吃。我们都竖起了大拇指，这手艺就是在中国也是很棒的呀！他还很谦虚地说:“在这里算还可以，比不了国内呀，你们觉得好吃就好。”感觉就像是隐匿于大城市中的“武林高手”。至于Super Duper Burgers（一家汉堡店），这家每个店铺前都是大排长龙，其汉堡里的牛肉排是五成熟的，所以特别鲜嫩多汁，冰淇淋都是有机的……

旧金山的房价、物价在全美都算高的。一方面因为这里是西海岸的金融中心；另一方面，大批世界级公司在这里落脚，比如知名的Twitter、GAP、Ghirardelli、Levi's、VISA、Uber等，所以这里的经济比较发达。而且大批码农在这里工作，他们的工资普遍较高，这里的物价、房价也就直线上涨。同学住在旧金山以南的城市圣布鲁诺，那里的两卧两卫户型也要2 800美元一个月了。文科生表示在这里生存压力好大的……

旧金山还是个购物的好地方，几个大型的购物中心Nordstrom（诺德斯特龙百货）、Bloomingdale's（布鲁明戴尔百货店）、Macy's（梅西百货公司）、Saks Fifth Avenue（萨克斯第五大道精品百货店）都聚集在市中心。如果经济实力允许，你还可以淘到许多当季的热卖时尚单品，不过这里的税率偏高，一般购物要多加8.75%的税，而住宿的税会高至20%。

总体而言，旧金山给我的印象还是不错的，可惜由于没有自驾游，完全靠公共交通，所以我们没有去到更远的斯坦福大学和加州大学伯克利分校，留下点念想下次再来吧！

骑行在路上

今日骑行的初衷是为了一睹老公心目中最牛的游戏公司暴雪公司（Blizzard，总部位于欧文市郊）的风采，距我的住处大约十公里，那就来一次说走就走的旅行吧！

一个人，一辆脚踏车，一部照相机，满怀期待地出发了。起初一路都是自己熟悉的风景、熟悉的路牌，慢慢骑往市郊后，路上已看不到行人，只剩下高速路上疾驰的车辆……不久就看到一个草莓农场，沿着农场旁的小路骑行，刚拐过一座小山丘，一大片金黄的“草原”映入眼帘。欧文是个多山的城市，周边被绵

延的小山丘围绕着，平时远眺这些小山丘都是光秃秃的黑灰色，没想到骑行会有意外的收获，金黄的茅草地衬着蔚蓝无际的天空，我在这片旷野中恣意地骑行，只听见耳畔呼啸而过的风声和盘旋在上空的鸟鸣……穿过山间，跨过“天桥”，似乎到了人烟更稀少的地带，也渐渐偏离公路了。骑行的小道旁盛开着大片的雏菊，迎着风，向着阳光，散发着清新的香气……偶尔会有一两只小松鼠从花丛中穿梭至骑行道上，真怕撞到它们，还好我还没来得及刹车，它们就灵巧地跳至另一片花丛中了……

一路上欣赏着大自然的馈赠，不知不觉离目的地也越来越近了。这一片有些像科技产业聚集区，暴雪自然是最具影响力的，甚至有一条马路就是以它的名字命名的。公司非常低调，铁栅栏后有几幢三层白色小楼，远远能看到楼前有一座铁艺的雕塑，那是全球最棒的网络游戏《魔兽世界》里的一个英雄人物的雕像。可惜这是高科技重地，严禁参观，铁栅门都要刷卡进入，我只好带着膜拜的心情在门口远眺一下了。

回程我挑了另一条路骑行，沿着河道走，没想到遇到许多同道中人，有跟我一样骑行的，有走路的，还有溜滑板的……虽然骑行二十公里的山路挺辛苦的，但是能欣赏到美景，领略著名公司的风采，偶遇同道中人，这个周末的幸福感瞬间爆棚！期待下一个骑行之旅，路在车轮下……

拉古纳海滩
——海滨之美

今日与阿姨一家一同前往拉古纳海滩（Laguna Beach）欢度周末，来美国西海岸这么久了，真正去海边还是头一次。拉古纳海滩的久负盛名不仅仅是因为其属于“一号公路”，拥有美到令人窒息的绵延海岸线，更是因为无数艺术家流连忘返于此，造就了这个充满艺术气息的海滨小城。

从欧文到拉古纳海滩大约半小时车程，顺着海岸线行驶，沿路欣赏着湛蓝的无敌海景，当眼前同时浮现白色沙滩和黑色悬崖时，说明目的地已经到啦。我们带上所有的野餐材料，在海滩上安营扎寨。作为怕晒的亚洲人，第一步就是撑起大型的遮阳伞，接着才是铺地垫，摆满食物和饮品，愉快的海滨野餐开始啦！吹着轻盈的海风，看着浩瀚的大海，听着轻快的海浪，品着自制的美食（卤牛肉、盐茶蛋、紫菜包饭……），我想这里流传着的“天堂般的生活”就是如此吧！

海岸线的上空盘旋着许多海鸥，发出“嗷嗷”的叫声。它们飞累了会落在海面上，或许是在捕鱼。第一次看到这么多海鸥聚集在海面上，像是在“开大会”，你一言我一语，完全盖过了游客的声音。偶尔会有一两只落了单，伫立在海滩上，远眺着海天交接处……

在这片黄金海域中，有人惬意地擦着防晒油，晒着日光浴；有人放纵地在大海中企图急流勇进，当然结果只能是急流勇退；有人执着地堆着随时会被海浪冲毁的“沙堡”，或许反反复复才是其中的乐趣吧；有人“义无反顾”地冲进海浪里，再次返回岸边时，手上拖着“千斤重”的海带，足够一家人吃一整年了；有人仔细地在海岸边寻找着贝壳，听说每片贝壳都在诉说一个来自大海深处的故事；有人带着爱犬踏浪，遇到同伴还会上演一场“海滩追逐战”；有人踏着冲浪板，作为勇者一次次地与海浪搏击，像是驰骋在海浪上的勇士；有人坐着小型游轮出海，试着能否凭借好运，与鲸鱼、海豚来场完美的邂逅；有人漫步在海滩边的手工艺术品市场中，寻觅着与自己有缘的那份艺术品；还有人像我一样，静静地坐在沙滩上，只为此刻能全身心地领悟大自然的美妙……欣赏够了海景，下一站该去感受感受拉古纳的艺术之美了。

拉古纳海滩
——艺术之美

初次伫立在拉古纳的街头，会有种身处欧洲某座文艺小镇的错觉。这个小城依山而建，坡度较缓，形态各异的木质别墅层层叠叠地分布在山坡上，一直延伸至海滨。居民区与海滨之间的街道上，林林总总地分布着极具艺术气息的画廊和手工艺品店，配合着各色雅致的咖啡厅和露天餐厅，俨然一座充满韵味的城市。

拉古纳作为加州艺术活动的聚集地，每年都会举办几场大型的艺术活动，包括Festival of Arts（艺术节）、Pageant of the Masters（真人入画表演）、Sawdust Art Festival（木屑艺术节）、Art-A-Fair（艺术展）等。大大小小的画廊有五十余间，有很多当地艺术家的画作。各式手工艺品店中展示着艺术工作者独具匠心的艺术品。海滨公园里还有一个露天的手工艺品市场，可以与这些

制作者面对面地讨论他们的作品。这里很难找到大众品牌的服饰店，基本都是服装设计师品牌。公共区域的石凳、停车投币机都是做过造型或涂鸦的。若偶遇几位即兴演奏的街头艺人，那就拉起同伴的手和着音符翩翩起舞吧……

令我印象最深刻的是拉古纳的画廊，从油画、素描到水彩、水粉、版画，各种风格应有尽有，而且画廊里会放置一些沙发，供欣赏者坐下来细细品味。虽然我没有学过画画，但还是被这些作品震撼了：面对抽象派的画作会不由得驻足良久，想读懂画家的心思；面对写实派的画作又不由得感叹画得已经像是照相机照出来的一样；戏谑历任美国总统的画作让人忍俊不禁；描绘田园风景的画作令人心驰神往；玫瑰园、葡萄园等立体油画叫人惊叹不已……

拉古纳就是一条艺术长廊，艺术家们无限的创意让我深刻地体会到了艺术之美。我徜徉在拉古纳的大街小巷，细细品味每一件艺术品，伴着浓郁的咖啡香气，静静地享受这场艺术盛宴……

AMC电影院之旅

近期全球火爆的《复仇者联盟2》在北美地区上映了，我们一行六人也踏上了这趟“联盟之旅”，选择的是全美第二大连锁影院AMC（现在已经被霸气的万达集团给收购了，且不论这场收购是否真的有经济意义，这给前去观影的我们增加了不少荣誉感）。买票有个省钱的诀窍：提前团购一组电影票，有时甚至可以打到五折。

我们提前在网上查看电影的排期，选择了周日晚上九点一刻的场次，貌似美国的电影院你随时来都会有位置，我们九点才到兑票处换实体票。因为这部电影是3D的，所以每张票要加收四美元，另外赠送一个便携式3D眼镜。

这家AMC的门口有一个小型的喷泉，配上夜间的灯光表演，如此炫目的“欢迎仪式”给观影的我们留下

了极好的初印象。进入影院的大厅，一排巨幅海报映入眼帘，上面都是好莱坞的一线明星。整个影院铺满了华丽的地毯，几套皮沙发霸气地摆放在大厅正中央，供观影者候场休息。后方是贩卖饮料、雪糕、爆米花等小零食的区域，影院里弥漫着爆米花的香气。

不过AMC影院最吸引人的可不是它高大上的外观，而是在如此一流的影厅里，你可以凭一张票从早上看到晚上。其实我不确定这样做是否合规，但是整个影院只有一个人在大门口检票。这家影院总共有十四个厅，你可以挨个串场看也没人管，而且朋友们已经屡试不爽了。AMC还是二十四小时营业的，那岂不是只要能在里面待得住，就能无限制地看电影了？不知是否真的有人这样试验过……

进入影厅后，在正片放映之前影院会播放近期上映电影的预告片，大约持续二十至三十分钟，虽然只是预告片，但这场面，这特效，这想象力……真有种想住在电影院里的冲动！果真离好莱坞更近以后，电影的精彩程度也是直线上升呀！在播放完AMC影院的宣传片后，《复仇者联盟2》正式开始了，为了不做讨人厌的剧透党，我还是就此打住吧……

一场说走就走的旅行
——纽波特海滩行

今日本来与友人相约去看电影的，当他们开车到了我家门口时突然说："不如先去海边看夕阳吧！"还好我的相机是随时保持满格电量的，我拎上它就往纽波特海滩出发了。大约行驶十五分钟就可抵达这片海滩，此时才下午五点半，太阳还是当空照的感觉，估计要两小时后才能看到日落，于是漫长的等待开始了。

出发前我们完全没有料到今天海边会刮这么大的风，大到我的头发没有一秒钟是垂下的，永远都是贴着我的脸颊飞舞，时刻变换各种不同的"爆炸"造型。温度也很低，冻得我们直打哆嗦，还好友人的车上竟然放了无数件外套和小毯子，稍微可以抵御下"严寒"。就连海浪都比平时大很多，层层叠叠作惊涛拍岸之势，掐指一算，今日乃月圆之日，潮汐活动频繁。在如此"凶

猛”的风浪中，就连海鸥也成群结队地站在沙滩上休息，几只稍勇敢些的最多飞至头顶两米高的海岸线上方，盘旋几秒钟后，也很快被风势给压下来……所以说“一场说走就走的旅行”本质上是不靠谱的，不做好万全的行前准备实在是自讨苦吃。

所谓的夕阳下漫步在此刻也变成了童话，只剩下凌乱的发型和颤抖的呼吸。远处码头上还有不少垂钓者裹着大棉袄等待着鱼儿上钩。带了户外遮阳伞的游客干脆把伞架放倒，遮阳伞瞬间变成了防风伞。海面上倒是有两三个冲浪者在利用降落伞乘风破浪（不知这个水上项目叫什么），想必他们是最爱这种天气的。还好周边有些小店可供闲逛，不然真不知如何度过这两小时了。

终于等到风势弱下来了，阳光也变得不那么刺眼了，天边悬挂着一枚金黄色的发光体，带着蓝紫色的光晕，慢慢向海平面靠近，天际处被染成了渐变的橘红色，海鸥也按捺不住地向着落日的方向飞翔……镜头里只有一轮落日、一只海鸥、一片汪洋……（因为加州万里无云的日子太多，天空中极少出现壮丽晚霞的景观，所以日落时分看到的是光的单纯变化）待夕阳真正落到海平面以下，我们才注意到天空的另一个方向早已升起了一轮圆月，就跟以前课本里读到的“又圆又亮像个银盘”似的月亮一样，总算不枉此行了！

欧文最美风景
——南湖北湖

Woodbridge是位于欧文市中心的一片高档社区，这个词有“木桥”的含义，之所以取这个名字，是因为这里有两个大型的人工湖——南湖和北湖，两个湖上都修建了美丽的木栈桥，有湖，有桥，有远山……好一派诗情画意的景象。

我顺着一条盛开着紫花的小道骑行，沿路欣赏着一栋栋田园派的独栋别墅，不知不觉间南湖就近在眼前了。碧蓝的湖水映衬着蓝天白云绿草地，湖中心架着一座白色的木栈桥，延伸至湖上的露台供游人乘凉观景，湖岸边三两只水鸭在阴凉处匍匐着，有些像是在“孵蛋”。湖的南面是一片盛开着粉红色小花的花丛，东面和西面坐落着清一色白墙面灰屋顶的两层小楼，家家户户的院子里、阳台上、屋檐下都有各色鲜花装点。此刻幻想着其中一栋别墅属于我，在自家的院中望着这片大好湖景，吹着徐徐的微风，品着精致的下午茶，岂不美哉！

从美梦中清醒过来，我继续沿着东边的环湖小道朝北走，来到木栈桥下，这里算是南湖的中心了。一群水鸭聚集在这里游泳，岸边还有人在钓鱼（其实这里是私人湖泊，所以即使钓上来很多鱼，最后都要重新放归湖中），通过木栈桥可以前往对岸的几户人家。这几家房子像是建造在湖上一般，阳台直接延伸至湖上，有点威尼斯的感觉了。

连接南北湖的是Mike Ward Community Park Woodbridge（公园名）和Woodbridge购物中心。公园里有人在打沙滩排球、壁球、篮球，有人在遛狗，有人在溜滑板，还有人跟我一样在骑行。特别搞笑的是我看到一位中年大叔光着膀子，背着一个小包，戴着头盔骑着一辆超大号自行车，或许他觉得面对如此美好的大自然就要这么自由吧！相比而言，另一旁的场面就温馨多了：一位帅气的老爸带着他的两个儿子骑行，因为小朋友年纪太小，还不会骑自行车，所以他用自己的自行车牵引着一辆二轮的小拖车，还搭上了防雨防晒的帆布篷，儿子们坐在拖车里。遇到上坡他奋力地向前蹬，像极了我们小时候坐的"三轮车"……在这样一个风光旖旎的社区，连它的购物中心都充满了文艺气息，这里有书店、画廊、老式电影院和雅玛哈音乐中心，感觉叫"艺术中心"更合适。

北湖距南湖大约十分钟步程。相比于恬静的南湖，这里似乎热闹多了，环湖散步、骑行、遛狗的人多了许多，大批的垂钓爱好者在这里聚集，当然北湖也要更大一些，或许鱼儿也更多些吧。北湖以青绿的远山为背景，湖边漂荡着数只独木舟、帆船，不过划着船欣赏美景这项福利只对这个社区的居民开放。成群结队的水鸭在岸边散步或在水中觅食，头顶的绿色羽毛在阳光的照耀下闪着光芒，仿佛自带光环效果。头一次见到北美特有的物种——加拿大鹅。它们的身形与白天鹅相似，只不过身上的羽毛呈灰色，颈部以上呈黑色，眼睛后方一小部分呈白色，胖胖的样子很呆萌，还时不时优哉游哉地发出"咕咕"的声音，只有竖直了长长的脖子昂首挺胸时才有点傲娇的模样。这里还有个湖心岛，是儿童的乐园，秋千、滑滑梯、跷跷板应有尽有，还有可爱的动物们一起玩耍。

完全沉浸在美景中的我不小心误入了一条"Residents Only"（非居民请留步）的小道，这才更深切地感受到：这个社区的居民还能不能更幸福一点？！一般的社区都会修建游泳池和SPA池，可是这个社区居然还修建了一个大型的"沙滩浴场"，细腻的白沙，湛蓝的池水，"海上"滑滑梯，沙滩烧烤……另一边一位白胡子老爷爷戴着棒球帽，惬意地在自家院中钓着湖里的鱼，还有两只水鸭安静地趴在他身边。岸边一对恋人头倚着头微笑着望着湖面，偶有落花随风飘散在他们的脚边。面对如此良辰美景，不由得想起陶渊明的诗句“采菊东篱下，悠然见南山”，只不过眼前变成了美国版的田园生活。

上纽波特湾自然保护区

上纽波特湾（Upper Newport Bay）自然保护区位于UCI的西侧，向西南一直延伸至纽波特海岸，一条蜿蜒的河流串联着数块小绿洲，将欧文的河水引入太平洋中，整个保护区占地约一千亩，拥有南加州最大的海岸湿地。

众多骑行爱好者不远千里开着私家车载着骑行装备而来，而且为了保护这片净土，大家一般都将机动车停放在保护区附近的停车场（虽然并不禁止机动车进入保护区，但是极少看到有人这样做，进入后也要保持十五英里以下的车速），然后选择骑行或者徒步进入保

护区。如果有人从港口方向进入，还可以选择单人皮划艇，畅游于湿地绿洲间。

上纽波特湾自然保护区旁是连绵的光秃秃的矮山坡，没有人工培植的绿化带，只是偶尔出现一两株仙人掌类的热带植物，满眼是未经雕饰的大自然风光。望向山顶，竟是一栋栋豪宅，原来富豪们现在喜欢把湿地保护区当后花园了。

这片湿地作为稀有鸟类保护区，还是鸟类爱好者的观鸟胜地，冬季候鸟迁移期时大约有三万五千只候鸟在此栖息，这里还居住着几种濒临灭绝的稀有鸟类：Light-footed Clapper Rail（秧鸡的一种）、Brown Pelican（褐鹈鹕）、Belding's Savannah Sparrow（稀树草鹀的一种）、Black Rail（黑南美田鸡）、Peregrine Falcon（游隼）和California Least Tern（加州姬燕鸥）。一路上看到不少拿着“大炮筒”的摄影发烧友，或乘坐皮划艇，或匍匐在湿地旁的草丛中，顶着烈日耐心等待着，好不容易寻着一只稀有的“生灵”，大气都不敢喘，沉着而迅速地按动着快门。鸟儿振翅飞翔几秒后又消失在一片湿地丛中……挺佩服这些鸟类摄影爱好者的，他们往往拥有一颗热爱大自然的心，而且耐心也异于常人，所以才拍出了那千姿百态的照片。

宜居城市纽波特

之前介绍过纽波特美丽的海滩日落风光，犹记得那日回程时曾看到一轮圆月高挂于海港之上，皎洁的月光洒在港湾内随着海风摇曳的船帆上。后来我就一直盼着能再次领略这个海港城市的风韵，所以即使需要骑行一个半小时的山路，我还是来了。

纽波特是洛杉矶最有名的富人区之一，听说一些大牌明星，比如老虎伍兹、尼古拉斯·凯奇都定居于此。进入它的地界后，城市的主干道上最明显的就是豪车4S店，有些古董级的豪车就放在露天展示。开豪车似乎是世界各地富人们的共同爱好，不过这里的富人还有更

钟爱的事情，就是住海边豪宅、逛私人海滩、开私人游艇，这也是纽波特的魅力所在。

太平洋海岸公路凌驾于纽波特海湾上。我觉得这里是观赏海湾风景的最佳地点，站得高看得远，远处有港岛（Harbor Island）作为天然屏障，港内的海水湛蓝而平静，各种类型的游艇、帆船停靠在海港的两侧，海港内有人坐着汽船钓鱼，有人划着皮划艇健身，有人坐着汽艇晒太阳，还有人开着豪华游艇出海，各得其乐……

沿着海港向东走，有一座挂满美国国旗的小桥连接至巴博亚岛（Balboa Island）。这是座人工岛，位于纽波特海湾内，桥的这一端是现代化的城市风格，另一端则是小镇风情。所有的人通过这座桥时，走路都会慢下来，准备感受慵懒休闲的生活节奏。这座岛的主干道是人气最旺的步行街，街道两旁林立着各式餐厅、工艺品店、服饰店，还有当地特产小吃的专卖店——冰冻香蕉（Frozen Banana）。这不就是我小时候常常自己制作的冰冻香蕉嘛，只不过这里的冻香蕉裹上了巧克力糖稀，爱甜食的朋友应该会喜欢。

当你终于穿过嘈杂的步行街，这才真正感受到岛上居民的慢生活。少了人群和车马的喧嚣，小镇的文艺气息扑面而来。家家户户门前的装饰都展现了主人精心的设计，

有些庭院虽小，但也能看出主人花了心思布置，有地中海风格、波西米亚风格、热带植物园风格……有一户人家在门廊上安置了一只五彩陶质鹦鹉，还栩栩如生地站在一根树枝上。还有一户人家在门口摆放了两只石质青蛙玩偶，一只端着酒杯，另一只居然在听收音机。还有人在院子里铺出一条石子路，摆放了一只憨态可掬的"小棕熊"，好像它在散步一般。其中有一户的院子比较大，就用砖块砌了个壁炉，晚上还可以办个篝火晚会呢。

一路上欣赏着各家各户的景致，不知不觉就走到了海港边。这一片海港属于私人码头区，每一条白色的木栈路由沙滩一直通向海湾，木栈路的尽头就是私家游艇的停靠处，不过这些都属于私人领地，游客就无法涉足了。如果你真的想感受纽波特海滩的假日悠闲生活，可以租一套海边别墅住上个把星期，在私人海滩上晒日光浴，出海看鲸鱼、海豚，还可以品咖啡赏夕阳……这都不是梦啦！这里的租金也是相当贵，两居室的周租金大约是2 500美元起。其实海边的住宅往往比较小，真正的"大户人家"都住在半山腰，拥有从山脚修建至家门口的花径、大理石门柱、欧式喷泉、一百八十度落地窗……这里不仅可以欣赏无敌海景，而且生活环境也更惬意，所谓"面朝大海，春暖花开"说的就是这样的生活吧！

红杉和国王谷国家公园

此次加入这个团队纯属巧合，几位老师在访问学者群里邀人一同前往红杉和国王谷国家公园（Sequoia & Kings Canyon National Parks），我就加入了他们，开始了这场五人两天一夜的旅行。

景区距欧文大约五小时车程，一路上我们跨越了苍凉的荒漠、郁郁葱葱的葡萄园、硕果累累的橙子林、宏伟壮观的油田，行至风景优美的三河地带（顾名思义，三条河流在此处汇合），开始了漫长的盘山路段，时不时就来个一百八十度的大转弯，最夸张处达到三百度了，可见山势多么险峻，好在我们的“御用司机”Y老师沉着冷静，凭借其高超的车技带领着大家翻山越岭。

景区实际上是由两个国家公园合并而成，我们由南向北进入园区，第一天游览红杉国家公园（Sequoia National Park），第二天游览国王谷国家公园（Kings

Canyon National Park）。

红杉国家公园内遍布着千年树龄的红杉树，号称“红杉帝国”。这些参天的古木高达60—100米。世界上最大的植物（论体积计算）谢尔曼将军树就位于此地，其底部直径达11.1米，高83.8米，体积是1 487立方米，而且已经有2 300至2 700年的树龄了。红杉的树皮呈红褐色，只有顶端分布着稀疏的树叶，枝短叶尖，结的果实却出奇的大。它的树皮非常厚，估计有30毫米，树干内水分充足，所以它并不适合作为木材使用。在悠悠的岁月中，它们历经沧桑，扛住了无数的旱涝、虫蛀、雷击，幸免了人类的砍伐，最终形成了这片广袤的原始森林。

不过我们仍然发现园区内很多倒下的红杉树，其实这是因为树干的重量过重，而它的根茎并不深，当其无法承受自身的重量时便会轰然倒伏。有些体积巨大的被挖穿成一个隧道，也形成了一道特殊的风景线，无数游人穿梭其中，一窥红杉树树干的内部。或许这就是红杉树的命运吧，它们在其树身笔直坚毅地生存了数千年之后，又以极庄严的方式带着尊严自然死亡，谱写着自己传奇而不朽的一生……

穿梭于这片浩瀚的林海中，我们乘坐着园区内的巴士前往观看日落的最佳点Moro

Rock（摩洛岩），途中竟偶遇一只憨态可掬的灰熊。它静静地坐在木桩上，不知是它在看游人还是游人在看它。不一会儿它爬了下来，沿着小径一步三回头地扬长而去……

在盘山的路上我们曾一睹Moro Rock这块巨石的风采，在风雨的洗礼下，它已经被打磨得呈灰白色，还留下了雨水淌过的痕迹。真正走到近前才发现它的巨大，俨然是一座小山坡的模样，沿着崎岖陡峭的山道忐忑地向山顶进发，犹如走在悬崖峭壁间，虽然我心里怕得要命，但是为了一睹壮观的落日，只能迎难而上了。

终于爬到了半山腰上，我已经能看到落日从山间探出半个脑袋了，这像兴奋剂般刺激着我们的神经，后半段山道我已经是在跑了，最终登顶的时候那叫一个心满意足：落日透着金黄色，向外渐变为橘红色，柔和地洒向整个山谷，远方橘红的天际处与眼前郁郁葱葱的山脉交相辉映，蜿蜒的河流、盘旋的公路穿梭于山谷间。山谷东面的山脉要更高些，它们的轮廓在夕阳下分外清晰，顶端还覆盖着皑皑白雪，连绵起伏，上空稀稀落落的云彩随风恣意地飘散。好一幅云淡风轻的景象！落日渐渐往山谷里沉，天际却越发的红，像火烧一般热烈，直到日头完全不见，远方只留下一抹炽烈的红色……伴着依稀显现的繁星，期待明天更美的风景。

第二天一早我们继续向国王谷国家公园进发，入园不久就会看到一棵与谢尔曼将军树相媲美的红杉树——格兰特将军树，高81米，已有1 700年的树龄，目

前是世界第三大植物，不过还处于“青壮年”的它还是很有潜力超过谢尔曼将军树的。(其实两位将军都是美国南北战争时期的著名将领，格兰特是北方联邦军的统帅，后成为美国总统，谢尔曼是他的得力战将。)

偶然发现眼前的一棵红杉树粗壮的树干上零星地分布着几个规整的小洞，我们好奇地走近些观察，竟看到其中一个小洞里探出了个黑黄相间的小脑袋，左右灵巧地晃动着，尖尖的小嘴里还叼着一只白色的虫子，洞里不时地传来啾啾啾的叫声。原来是鸟妈妈正在喂嗷嗷待哺的鸟宝宝们！这些规整的圆洞或许就是护林员为保护鸟类栖息地而造的。

国王谷国家公园的特色主要体现在水上，它集合了休姆湖（Hume Lake）的灵动之美，国王河（Kings River）的蜿蜒之美，激流河瀑布（Roaring River Falls）的澎湃之美。

休姆湖被广袤的森林环绕，在青山绿树的掩映下呈碧蓝色，湖心泛着闪闪的波光。野鸭畅游其间，突然一猛子扎入水中捕食，怡然自得地品尝着战利品。旁边嬉水的人群与野鸭相处和谐，或游泳或划船。湖边的沙滩看上去是极普通的散沙，可是当我踏入湖中时发现，被搅乱的沙子不停地向上翻滚，在阳光的照射下竟闪着金色，湖水像撒满了金粉一般。想必这沙子里是含有黄金的！

国王河贯穿整个国王谷国家公园，我们顺着园内的公路由西向东行驶，道路蜿蜒曲折、高低起伏，这条河流一直紧随我们，顺着地势时而湍急，时而静谧，时而汹涌，时而温柔……每一段河水或在红杉的陪伴下，或在草甸的依偎下，或在岩壁的守护下，都在诉说着关于峡谷千百年来不同的故事。

春末夏初，山顶的冰雪融化，变成潺潺的溪流，最后汇聚至国王河，途中遇到极陡山势，则形成倾泻而下的瀑布。激流河瀑布则是生于巨石阵中的一处较特别的瀑布，它的落差并不大，但河水相当湍急，像一匹脱了缰的骏马般气势如虹，激起的水雾漫上了两旁陡峭的岩壁，像一层薄薄的轻纱，给险峻的峡谷带了些朦胧之美。它发出的是海浪拍打海滩般的声音，静静地坐在周边的巨石上聆听，感受着水雾带来的丝丝清凉，整个人都神清气爽起来。

加州395号公路

为了迎接暑期的到来，一行友人结伴前往加州著名的优胜美地国家公园（Yosemite National Park）。为了追寻沿途更美的风景，我们选择了路途稍远的395号公路，一路走走停停，拾得风光无限。

395号公路上人烟稀少，自然风光也极独特。因为生态环境好，公路上偶尔会闯出羚羊等野生动物，所以行车时要格外小心。公路的西侧伴着连绵起伏的山峦，虽然如今已是盛夏时分，海拔3 000米左右的山峦顶端还覆盖着稀疏的白雪，融化的雪水汇成一个个高山湖泊，犹如一颗颗散落在山间的明珠。美国本土最高峰——惠特尼峰位于395号公路的西侧，高4 418米，峭壁上寸草不生、白雪皑皑，无数登山爱好者都渴望着征

服它。

公路的东面多是广阔的荒漠和丘陵，灰黄的土地上生长着顽强的热带植物，它们迎着烈日狂风，犹如“怒放的生命”般给荒漠带来了一丝生机。路程行至一半时，眼前的地貌特征突变，荒漠上出现高达两米的连绵的黑色岩石，这些就是黑熔岩。寻找到一条小路向黑熔岩深处行驶，由于地理环境实在恶劣，我们只能徒步翻越崎岖的黑熔岩堆，前往化石瀑布。早在史前时期，湍急的欧文斯河水与附近的火山熔岩共同作用形成了这片神奇的地貌，又由于此处的高度落差，黑熔岩如瀑布般垂直流向坡底，岩壁间布满了细细长长的石罅，还真有一簇簇的杂草能从里面挣脱出来。

继续向北行驶至孤松镇，此处的阿拉巴马山地貌奇特，地表覆盖着大片大片形状各异的砂岩，像雕塑般层层叠叠，一块极大的砂岩上被人涂鸦上夸张的眼睛鼻子，俨然变成了一个“大嘴怪”。由于长期的风化作用，有些岩石竟被吹成了镂空的形状，形成了天然的“拱形石桥”“凹形山洞”。岩石里含有铁的成分，在阳光下呈暗红色，眼前的景观也呈现出层次感：灰黄的土地，暗红的砂岩，青黑的远山，蔚蓝的天空……连云也化作薄纱状，白而透，想必也只有大自然这个画家才能创作出如此美妙的画作了。这里也成了好莱坞大导演们青睐的外景胜地，全球闻名的《钢铁侠》《星球大战》等大片都在这里拍过外景。

其实395号公路上也不乏人文景观。曼赞纳国家历史纪念地曾是第二次世界大战时期关押美国西部日裔美国人的集中营，现在此地修建了展厅向世人展示这段悲惨的历史。欧文斯山谷前伫立的纪念碑告慰着亡灵，愿逝者安息。

途中累了饿了可在毕肖普（Bishop）小镇短暂停留。小镇上有家艾瑞克沙茨家面包房（Erick Schat's Bakery），可是久负盛名的，早在十九世纪他们出品的“牧羊人面包”就已经远近闻名了。店内满是面包的香味，挂满了“荷兰小木鞋”的装饰品，不知店家跟荷兰有何渊源。面包架足足有一米八的高度，货架上的面包都快被买空了，操作间的烤箱还在不断工作。食客们品尝着香气四溢的面包，满意地频频点头，手上还抱着一堆面包。

我们吃饱喝足后奔向今天最后一个景点——莫诺湖。越往北公路旁的绿色也越多，青葱的白桦林、丰硕的果园、摇曳的玉米地，还有遍地奶牛、骏马的牧场……最终抵达莫诺湖时，立刻被它的湛蓝静谧勾住了魂儿，它是北美最古老的盐湖之一，形成于百万年前。据说湖水的咸度是海水的2.5倍，连鱼类都无法生存，但有一种特殊的生物——卤虫，吸引了无数海鸥前来觅食。现在这个季节是枯水期，岸边堆积着许多嶙峋的白色岩石。这些岩石是利韦宁河中的淡水流入含盐量极高的湖水中产生的碳酸钙，形成了特殊的石灰华地貌，有些巨大的石灰华都探出了湖面。如今莫诺湖的环境遭到了严重的破坏，只有过去的三分之一大了，为保留这份美，人类需要做的还有很多很多……

优胜美地国家公园

前一天我们住在优胜美地国家公园东侧的雪河度假酒店（Snowcreek Resort），计划一大早沿着120号公路从优胜美地国家公园的东门入园。这是一段盘山爬坡的路段，大约需一小时车程。还未正式进入园区，我们就已经被沿途大大小小的湖泊、溪流吸引住了。不过山路却越来越险峻，右侧是悬崖峭壁，左侧是万丈深渊，到一定高度后地势才稍平稳。

进入优胜美地后，最先看到的一处美景是特纳亚湖（Tenaya Lake）。周围的山脚下遍布着郁郁葱葱的松树林，湖水在松林的掩映下透着墨蓝色，而山峦本身又光秃秃地露出白色的岩体。早晨的湖风格外清凉，竟吹起了浪花，拍打着岸边的沙石。特纳亚湖附近就是奥姆斯特德角（Olmsted Point），此处是观看特纳亚湖、峡谷景观的地方，甚至可以爬到坡度较小的岩壁上“玩耍”，当然是要冒一定风险的，毕竟一不小心也可能滚下山崖。站在岩壁上，可以清晰地看到上面一道道深深的“划痕”，“划痕”里长出了一排排紫红色的小花。岩壁上还散落着已经被磨得光滑的巨石，底部就像已经粘在了岩壁上无法动弹。这些都是冰河时期的冰川漂砾和冰川磨片作用的结果。突然岩壁上出现了一只黑灰色圆滚滚的动物，憨态可掬，拖着大尾巴爬来爬去地找花儿吃。后来翻看博物馆的资料才得知这是只黄腹土拨鼠。

为求安全便捷，我们计划将车开到公园里的停车场，然后坐免费观光车游览。开往停车场的路上就看到新娘面纱瀑布（Bridal Veil Falls），这道瀑布沿着山谷洒落，像极了新娘朦胧的面纱，婉约秀气，而且全年不断流。印第安人给它取名“徐徐微风”，因为它时常随风飞舞，有时甚至出现随风逆流的奇观。

之后我们乘坐观光车前往北美最高瀑布——优胜美地瀑布，它分为上优胜美地瀑布和下优胜美地瀑布，依险峻的山势而落，丰水期两道瀑布连成一道，场面极其壮观。它的源头是冰川融水汇成的优胜美地溪，所以当冰雪融化殆尽时就到了枯水期。从远处看，这个时期两道瀑布还是很分明的，走到山脚下时却只能看到上优胜美地瀑布，下优胜美地瀑布完全被陡峭的岩壁遮挡住了。瀑布水流至山脚下，变成溪流再汇入默塞德河（Merced River）中。溪水清澈见底，大大小小的岩石躺在溪水中，即使艳阳高照仍冰冷刺骨。我踏入溪中，坚持不了两秒钟就跑出来了……

既然玩水不成，那就爬山吧。为了就近一睹瀑布的芳容，我可是动用了所有的运动细胞在“攀岩”。终于爬到能感受到水雾的地方，下来时已经是汗流浃背，不知是热的还是吓的。还好跑来一只罕见的灰色大松鼠压惊，看它向游人渴求食物的样子，跳来跳去，灵动可人。

看完奔腾的“天上之水”，下一站是躲在森林深处的静谧湖水。穿越错综复杂的林间小道，才可抵达这片宁静的镜湖(Mirror Lake)。景如其名，镜湖就像是优胜美地国家公园的一面美人镜，群山环绕下湖水异常平静，松林掩映其间，将湖水染成了碧绿色，犹如镶嵌在山间的一颗翡翠，超凡脱俗。湖心躺着一块已经发白的巨石，看其分明的棱角，很有可能是地壳运动时某块震碎的岩石，顺着山体滑落湖中的，曾一石激起的千层浪，早已在青山绿水间归于平静……

镜湖上方的半穹顶打破了这片宁静，它就像一个被破坏了一半的穹顶，一面是圆弧形状，另一面则是垂直的横切面。地质学家认为另一半穹顶本来就不存在，山体与半穹顶间存在着裂缝，在冰河时期，冰川、雨水不断侵蚀着横切面，生长在夹缝中的植物带动了山体滑坡，地震等地壳活动震落了碎石，导致横切面越磨越平，最后形成了九十度垂直的悬崖峭壁。如今无数攀岩爱好者冒着生命危险试图登顶，我们只能通过望远镜看到他们攀爬的模样。

当晚我们住在了优胜美地西侧的马里波萨(Mariposa)——一个浪漫惬意、充满欧式情调的小镇。这样的安排便于我们最后一天从公园的西门进入园区，而不必错过任

何一处美景。早上七点半出发的时候已经是艳阳高照了，从西门进入园区后不久就看到两块巨大的天然岩石倒在路面，两者形成的夹缝刚好够两辆车穿行，由夹缝向上望去倒成了“一线天”的奇景。

西线似乎比东线的盘山公路更加险峻，盘旋的弯道更多更急。途中经过隧道观景台，可眺望优胜美地山谷的全貌。它是典型的U形冰河谷地，谷内林海密布、苍翠繁茂，

酋长岩（EI Capitan）和半穹顶上的花岗岩格外显眼，更突显了远处新娘面纱瀑布的优雅秀美。山谷深处传来声声鸟鸣，好一幅如诗如画的风景图……之后穿越长达将近一英里的人工隧道，继续向山顶盘旋。

溪流依山势蜿蜒其间，遇断木、乱石激起湍急的白色浪花，溪水如音乐般潺潺作响。溪旁树影婆娑，阳光穿透繁茂的枝叶，洒下一地斑驳。溪流边偶遇鹿和野马，看到人群它们也不躲避，气定神闲地饮水食草。心急的小鹿发现对岸开满野花的草甸，迫不及待地蹚过溪流，在一片花海中与翩翩起舞的蝴蝶嬉戏玩耍……

一路欣赏着和谐的自然风光，最终抵达园内的最高点冰河角，与我们使用汽车代步的形式不同，很多人是穿着专业的登山装备徒步五小时从山脚登顶的。最终站在冰河角的石屋眺望塔上，居高临下欣赏优胜美地的全景，水量充沛的内华达瀑布（Nevada Fall）、弗纳尔瀑布（Vernal Fall）尽收眼底，飞流直下三千尺的感觉，颇为壮观。此处已是与半穹顶平行的高度了，能更清晰地看到岩壁上黑、白、青相间的纹路，这是岁月留下的痕迹，来自大自然的馈赠。远处青黛色的山峦连绵起伏，雪山点缀其间。峡谷内蜿蜒的默塞德河在树影下呈现不同的色泽，黄绿、嫩绿、翠绿、青绿、墨绿……空灵而神秘。山顶上还不乏可爱的小松鼠，它们瞪圆了眼睛看着我们讨食物，两只前爪合着作揖状，这是在学中国人拜年呢！

两天下来一步步揭开优胜美地国家公园的神秘面纱，一睹它的壮阔之美，不禁想起最初看到它的名字时竟认成了“优美胜地”国家公园。或许潜意识里我早已认定了这就是一片优美胜地吧！

沙漠奥特莱斯购物见闻

沙漠奥特莱斯（Desert Hills Premium Outlets）又叫棕榈泉奥特莱斯（Palm Springs Outlets），处于沙漠地带，气候极其炎热，尽管如此，每天仍有络绎不绝的购物者慕名而来，穿梭于一百五十多家品牌折扣店、工厂直营店之间，在这里逛上一天，几乎可以解决几年的穿用，难怪这里号称“沙漠中的血拼胜地”。

我们挑选在“美国独立日”促销期间前来，因为大型节假日期间的打折幅度要比平时更大一些。前来购物的人自然也比平时更多，各大名品店门前大排长龙，面对诱人的折扣，即使顶着烈日、拎着大包小包也在所不惜。

经过这一天的“血拼”，我也总结了一些更省钱的经验。首先，提前在沙漠奥特莱斯的官网上注册成为VIP，凭确认邮件到咨询台领取 本优惠券，绝大部分店铺都在这本优惠券里推出了折上折的优惠，比如买满100美元可以再打九折等，跟朋友们一起凑单更划算。每家店都有一块清仓区域，这里几乎都是断码货，因为中国人的身材偏小，所以很容易淘到好货，这个区域的折扣有时会低到一折以下。这里特别值得推荐的店铺有Levi’s、Tommy Hilfiger和Polo US。最后，对于自己喜欢的奢侈品牌，一定要赶早去挑，即使要排队也是越早越好，因为去晚了只会看到“风卷残云”般的狼藉场面。

整个商场感觉有三分之二都是中国人，奢侈品牌店里也一定安排有中国导购，他们在这里一掷千金的场面数不胜数，不得不感叹一句：“中国人真有钱啊！”虽然以前经常看到中国人在国外购物时的负面新闻，不过经过一天的观察发现，其实绝大多数国人还是比较守规矩的，礼貌地排队、购物，也并没有随地吐痰、乱扔垃圾等现象。国人的素质在提高，这点是要得到肯定的。

当然，我们的表现在很多方面还有进一步提升的空间，比如，在公共场合的说话音量不要太大，能用说的尽量别吼；在快餐店用完餐后一次性餐盘自己收拾干净并丢进垃圾箱，方便时最好能够把餐桌擦干净……此外，还有件极重要的事情，就是照顾好自己的小孩！因为很多家庭是来美国旅游的，第一次到奥特莱斯后面对巨大的折扣简直就“杀红了眼”，几乎失去了理性。我这次就遇到一个小女孩被几个外国人围着问她妈妈在哪里，警察都过来帮忙了，原来她妈妈就在这家店里，只是买东西买到太得意忘形，连女儿跑丢了都没察觉。这种事情发生在美国可是犯法的。最后也跟大家分享共勉一句话——“文明购物，理性消费！”

美东之行

此次美东之行是我第一次以跟团的方式旅行，历经七天时间，游览五座城市。虽然跟团游省心、方便，但是时间安排上非常紧凑、行程不自由，只能是走马观花地感受下美东的自然、文化、经济等情况。路线是先飞到纽约市，之后是费城、华盛顿、尼亚加拉大瀑布区、波士顿，最后再回到纽约解散。这几座城市如果要深度游，至少要半个月的时间，计划游美东的朋友可酌情考量自己的时间和路线安排。

第一站：邂逅纽约

作为国际性的大都市，纽约给我的第一印象就是“堵车”。我是晚上十点的航班抵达纽约拉瓜迪亚机场，旅行社安排接机服务，送到酒店的旅程在畅通无阻的情况下是二三十分钟。可是“不夜城”纽约几乎是二十四小时都在堵车的，我们艰难地穿过曼哈顿区，真正抵达泽西市酒店时已经是十二点了（纽约市区的酒店费用十分昂贵，淡季时税前400—600美元一晚，还要再加将近20%的税、服务费等，所以一般旅行社都会安排客人住在附近的泽西市）。

纽约市位于纽约州的南端，是美国最大、人口最多的城市，还拥有美国最大的港口，而位于纽约州西部的新泽西州被称为纽约的后花园，就连车牌上都清晰地标明“Garden State”（花园之州）。很多人都选择在新泽西居住，在纽约工作。两地仅一河之隔（哈德逊河），新泽西的物价低很多，消费税6%，比纽约市低3个点，生活成本大大降低，但这也造成了交通极其拥堵的局面。所以每天一大早我们就要出发前往纽约市内，即使是六点半出发，也要耗在路上个把小时。连接两地交通的是两条海底隧道，分别是林肯隧道和全世界第一条海底隧道——荷兰隧道。荷兰隧道1927年建成，长达2 600米，内壁贴满了白瓷砖，采用了当时最先进的通风换气技术，共有84个换气风扇，至今仍在使用。可惜隧道的建造者荷兰先生在1924年就去世了，为了纪念他，隧道以他的名字命名。纽约州与新泽西州的分界线就在隧道内，也称为“生死线”，因为纽约州可执行死刑。

纽约的历史可追溯至1624年，当时荷兰殖民者在此建立贸易站，给它取名“新阿姆斯特丹”。1664年，英国殖民者占领后改名为“新约克”（音译纽约）。美国独立战争结束后，1785年，纽约宣布成为美国宪法下的第一个美国首都。

现在的纽约市划分为五个行政区——曼哈顿区、皇后区、布鲁克林区、布朗克斯区及史丹顿岛区。而曼哈顿作为纽约市的中心，最初是印第安人的居住地，“曼哈顿”在他们的语言中是“多丘之岛”的意思，这里也集中了纽约市的大部分旅游景点。曼哈顿分为上城公寓区、中城商业区和下城金融区。

下城区以华盛顿广场以南的区域为主，包括华尔街金融区、中国城等。纽约作为世界的金融中心，很大一部分原因就是曼哈顿下城的一条狭窄的街道——华尔街，意译是“墙街”，原本是1792年荷兰殖民者为了抵御土著印第安人的攻击而修建的一堵围墙。华尔街西起百老汇，向东一路延伸至东河旁，全长才五百多米，却汇聚着对美国甚至整个世界经济具有影响力的金融机构，包括纽约证券交易所、美国证券交易所、纽约联邦储备银行（其地下二十五米有一个用于储藏黄金的仓库，储藏量世界第一），还有各种投资银行、信托公司、保险公司等。能在华尔街拥有一席之地是金融机构的荣耀。位于此地的标志性雕塑“铜牛”，已经被游客们摸成了金色，传说摸过铜牛会变富有（铜牛雕塑的由来：牛市意味着上涨，熊市意味着下跌。这与动物的攻击方式有关，牛用角往上顶，熊用掌往下压）。下城区的中国城是最早期的华人移民聚集的地方，建筑都比较老旧了，街道环境比较脏乱，现在的新移民多居住在皇后区的法拉盛和埃尔姆赫斯特，以及布鲁克林区的“八大道”。

与曼哈顿下城区遥遥相望的是自由岛，乘坐渡轮穿梭于纽约湾上，远眺布鲁克林大桥，曼哈顿下城区的城市风景尽收眼底。遥相呼应的是自由岛上的自由女神，她高举着火炬，左手拿着美国《独立宣言》，上面清晰地刻着签署日期：1776年7月4日。她神情镇定地凝视着远方，象征着美国对新移民的欢迎。

中城区是全美最大的中心商业区，“梦之街”第五大道贯穿中城，摩天大楼林立。其中有经常在好莱坞电影中出现的“帝国大厦”，名称源于纽约州的别名——“帝国之州”，高443米（含避雷针），于1930年1月动工，1931年4月落成，修建的时间还不到两年，是人类建筑史上的一大奇迹。著名的洛克菲勒家族在第五大道上修建的十九栋大楼构成了著名的现代建筑群“洛克菲勒中心”，设计师巧妙地利用了大楼的大厅、广场、楼梯间，设计成行人的休息区、消费区，甚至还有地下铁通道连接，这座城中城每天容纳上班、观光、消费的人流量达二十五万。东河旁的联合国大楼也是由洛克菲勒家族捐赠修建的，举行重要会议时门外的一百五十多面旗帜迎风飘扬，场面甚是庄严肃穆。沿着四十二街向西走，一幢幢现代建筑中突然出现一座欧式建筑，没想到竟是世界上最大的火车站——纽约中央火车站。大理石柱搭配雕花玻璃窗，上方是精美的时钟雕塑，站内的星空穹顶、玻璃天花、水晶灯饰、拱形月台……每一处匠心独具的细节都展示着它的艺术性，直至今日川流不息的人群仍能感受到它独有的魅力。中城区内还有一处不得不提的标志性地点——时报广场。这里是看纽约夜景的好地方，光怪陆离的霓虹灯广告牌在夜幕降临后格外耀眼，众多的百老汇剧目在此上演，八方游客都拥向这里，只为一睹纽约的大都市风采。

相比中城区、下城区，上城区要安静许多，它是中央公园以北的区域。这里没有拥挤的人群，感觉纽约的快节奏瞬间变慢了。街道规划方方正正、井井有条。住宅以十二层的暗红色、石灰色建筑为主，古老而典雅。街道旁的店铺门面都很低调，门廊多欧式风格，橱窗内摆满了琳琅满目的商品。最可贵的是在寸土寸金的曼哈顿竟有一块占地340万平方米的中央公园免费向公众开放，园内有人工湖、慢跑骑行道、溜冰场、游乐园等，著名的“大都会艺术博物馆”“美国自然历史博物馆”也位于园内……这样一块风水宝地以富人居多，独享闹市中的一片宁静。

没到纽约时我对它的印象是“摩天大楼”，真到了纽约才知道是“掩映在山水花草间的摩天大楼”，人文景观与自然景观相得益彰。只可惜短暂的纽约行留下了太多的遗憾：没能徜徉在大都会博物馆，没能漫步于中央公园，没能听一场百老汇的歌剧，没能看一场扬基队的比赛，没能与爱的人一起登上帝国大厦的天台……只好留待下次与它再相遇。

第二站：费城掠影

费城作为纽约与华盛顿之间的必经之地，地理位置优越，是美国的第五大城市，是宾夕法尼亚州人口最多的城市。它的英文名是Philadelphia，是由两个希腊词组成的，“Phila”代表“爱”，“Delphia”代表“兄弟”，即“兄弟之爱”。一部以Philadelphia命名的电影（《费城故事》）也是讲述同性恋的故事。因此，常有人笑称费城是“同性恋之城”，街头的墙壁上也常常看到彩虹旗的彩绘。

不过费城最大的特色是它的历史。作为继纽约之后美国的第二任首都，它的发展史就像是美国历史的缩影。它是美国独立革命的摇篮，1776年《独立宣言》就是在此签署，宾夕法尼亚州也被誉为“独立之州”。1787年在此举行制宪会议，诞生了第一部联邦宪法。随后1790至1800年十年间，它曾是美国的首都。美国的第一家银行、第一家证券交易所均诞生于此。

费城的老城区完好地保留了美国建国初期的历史遗迹，独立广场最显眼的朱红色建筑物就是独立宫，其主体部分是两层红砖楼房，朴实庄严，乳白色的钟楼内悬挂着自由钟，但这并不是1776年宣布

《独立宣言》时敲响的那座钟，真正的自由钟历经沧桑已经损坏，移至广场东侧的“自由钟中心”保存。独立宫的东西两翼分别是旧市政厅和旧议会中心，门前矗立着华盛顿将军的塑像。

沿着饱经风霜的老城石板路找寻历史古迹，走过富兰克林故居、贝琪·罗斯（一位手艺精湛的裁缝，制作了第一面美国国旗）故居、艾尔弗兰斯巷（保留了美国老居民区的模样，很有历史感的小巷）……每一处名不见经传的建筑都在向世人诉说着某一段往事。

还没来得及跟费城道别，我们又踏上了前往美国首府——华盛顿特区的旅途。费城，再见！

第三站：致敬华盛顿

华盛顿全名华盛顿哥伦比亚特区（Washington, District of Columbia），这是为了纪念开国元勋乔治·华盛顿以及新大陆的发现者哥伦布而命名的，自1800年开始成为美国的首都。

华盛顿作为美国的政治中心，是大多数美国联邦政府机构和各国驻美大使馆的所在地。开阔的街道旁古希腊神殿式的恢宏建筑随处可见，圣洁的白色将华盛顿装点得更加庄严肃穆。华盛顿也是世界银行、国际货币基金组织等国际组织的总部所在地，并拥有众多的博物馆与文化史迹。

位于华盛顿市中心的国家广场，从庄严肃穆的林肯纪念堂由西向东延伸至宏伟的国会大厦，沿途分布着波光粼粼的反思池、郁郁葱葱的草地、古老神秘的博物馆，象征着三权分立的国会、白宫和最高法院均在广场内。广场西侧傍着波托马克运河和潮汐湖畔。每年三、四月份樱花盛放的季节，华盛顿将变成一座粉白的城市。仔细观察广场的

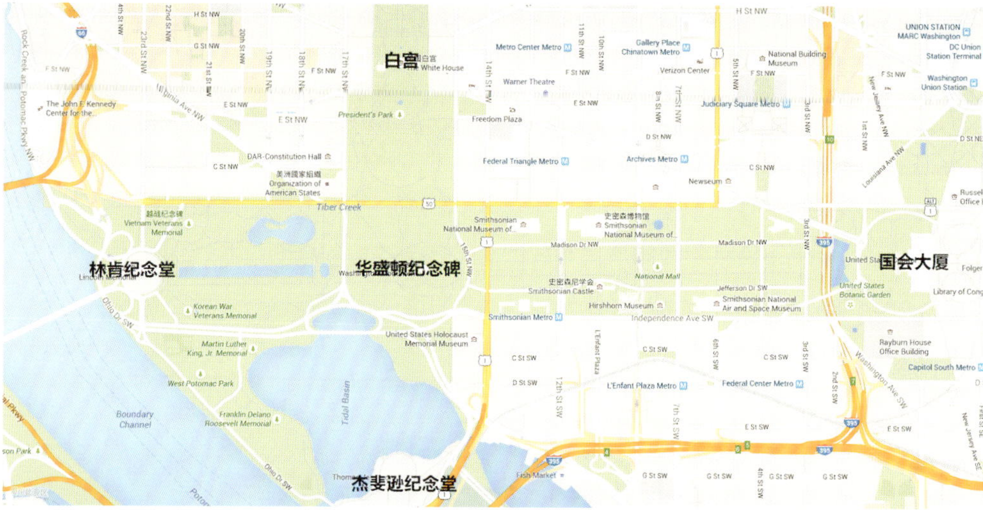

建筑分布图，你会发现一个极有意思的现象。

将国家广场的地图顺时针旋转90度来看是一个“十字架”形状，从基督教的角度看，十字架的中心代表圣父。那里是华盛顿纪念碑，华盛顿作为美国的开国元勋，有着“圣父”的地位。纪念碑是屹立在中轴线上的最高建筑物——高169米，白色大理石砌成，在一片开阔的绿地上笔直高耸，俯瞰着整个华盛顿特区。

十字架的左侧代表圣灵，这里是杰斐逊纪念堂，为纪念美国第三任总统托马斯·杰斐逊而建。杰斐逊总统作为《独立宣言》主要起草人，除了在政治事业上的贡献，他还是农业学、园艺学、建筑学、考古学等学科的专家，还是作家、律师和小提琴手，是美国历任总统中当之无愧的最具智慧的人。这座纪念堂是罗马万神殿式圆顶建筑，大厅中央耸立着杰斐逊总统的铜像，石壁上镌刻着他生前的话："我已经在上帝圣坛前发过誓，永远反对笼罩着人类心灵的任何形式的暴政。"

十字架的右侧代表圣子，即白宫，是美国总统办公和居住的地方。自"9·11"事件后白宫外修起了护栏，不准任何外人靠近，只能远远地看到正厅的一部分，东西两翼则完全掩藏在高大的树林中，不露出一丝缝隙。东翼主要是第一夫人和她的工作人员办公地，而西翼则是总统和高级幕僚的办公场所。

十字架的顶端是林肯纪念堂，为纪念美国第十六届总统亚伯拉罕·林肯而建。林肯总统最大的贡献就是废除了奴隶制并维护了美国的统一。纪念堂是一座古希腊帕特农神庙式的建筑，门前的五十八级台阶代表着他被刺杀逝世时的年龄，并被巧妙地设计为黑白两色，寓意他废除奴隶制的贡献。纪念堂内是庄严的林肯总统的坐像，他神情肃穆，两手泰然地置于扶椅上，远望着华盛顿纪念碑和国会大厦，墙壁上则刻着"In this temple as in the hearts of the people for whom he saved the Union the memory of Abraham Lincoln is enshrined forever"（在这座殿堂中，如同在人民的心中，为人民拯救了这个联邦的亚伯拉罕·林肯被永远铭记）。当年马丁·路德·金就是在这里发表了著名的"I have a dream"（我有一个梦想）的演讲。

十字架的底端是国会大厦，坐落

于国会山，美国的参议院、众议院均在此处。这是一座罗马风格的穹顶建筑，双层穹顶之上还有一座自由女神的雕像。当年建造时特意将国会大厦设计为背对华盛顿纪念柱，寓意美国要向未来看，不要停留在过去。

华盛顿的建筑风格、人文景观和典雅庄重的气质深深地吸引了我，它所体现的民主、独立、自由的精神之美是深入骨髓的，令人流连忘返。

第四站：神奇的尼亚加拉大瀑布

从华盛顿前往尼亚加拉大瀑布大约是九个小时的车程，虽然路途遥远，但欣赏沿途的美景不也是旅行的意义之一吗？淡蓝的天空中飘着朵朵棉花糖般的白云，与西部荒漠式的公路景观不同，美国东部最长的河流萨斯奎哈纳河滋润着这片广阔的土地，湖泊、溪流遍布，公路旁树木茂密，成片的绿荫。下一个瞬间，漫山遍野的小雏菊、向日葵便跳入眼帘，开阔的平原上是星罗棋布的村庄与城镇。成群的飞鸟自由翱翔，一切呈现出欣欣向荣、生机勃勃的景象。

我们在大瀑布附近的Grand Island（格兰特岛）入住，第二天一早前往尼亚加拉大瀑布，因为据说早晨更容易看到彩虹。在前往大瀑布的路上有两幢非常突兀的黑色建筑，至于它们是什么，先卖个关子。车沿着尼亚加拉河行驶，河面时宽时窄、时缓时疾，依地势而变化。河的对岸就是加拿大，俨然一派都市风光，高楼林立，赌场、酒店、摩天轮……与这边美国的乡村景观完全是两重天。

越靠近瀑布景区，河水愈发湍急，溅起白色的水花，我们一下车就听到了“哗哗哗”的流水声，沿着园区的路向瀑布观赏点行走，未见其形，先闻其声，流水愈发汹涌，如雷鸣般响亮，正应了“尼亚加拉”（在印第安语中意为“雷神之声”）这个名字。依稀能看到瀑布的边缘腾起的水雾，像袅袅炊烟一般……走到瀑布跟前时，真是被眼前的景象惊呆了：悬崖顶上原本如绸缎般流淌的河水骤然倾泻而下，在滑落河床的那个瞬间由深邃的墨蓝变为银白，激流在峭壁间撞击出纯白的浪花和缥缈的水雾，恍如仙境一般，让人不禁感叹“此景只应天上有”……这道最磅礴的瀑布名叫美国瀑布（American Falls），它与仅隔着一道峭壁的新娘面纱瀑布和加拿大境内的马蹄湾瀑布（Horseshoe Falls）共同构成了尼亚加拉大瀑布。

美国瀑布底端的礁石滩在一片迷蒙的水雾中依稀可见，险要的地势看得人心惊胆战，游人可乘坐电梯下到底部的风之洞穴（Cave of Winds）露台，亲身感受下“暴雨”的洗礼。我突然瞥到一抹鲜绿色，竟是峭壁间迎风摇曳的一簇簇野花，它们仿佛在跟随着瀑布的律动声打着拍子，好不欢快。一旁的新娘面纱瀑布真像个新娘般婉约缥缈、晶莹剔透，给狂野的尼亚加拉大瀑布增添了一丝细腻之美。

而要观赏到马蹄湾瀑布全貌，就要踏上“雾中少女”号（Maid of the Mist）游船开往加拿大境内，美国这边的游船发的是蓝色的雨披，对岸的加拿大游船发的是红色的雨披，两国的游船在尼亚加拉河中相遇时，游客们都会互相问好。我们乘坐“雾中少女”号沿尼亚加拉河逆流而上，在经过美

国瀑布时，才更加真实地感受到它的磅礴气势。巨大的浪花冲击得小舟摇曳起伏，水花不停地往身上打，不敌风浪的海鸥们惬意地在河中漂浮着，偶有一两只还在风中顽强地振动翅膀……据说马蹄湾瀑布更加震撼，我已迫不及待地冲向了船头，在拐过山羊岛（Goat Island）后，气势如虹的马蹄湾瀑布如巨幅水幕般出现在眼前。它溅起的水雾直飞云霄，靠近它时竟有一种恐惧感。暴雨般的水花把我打成了落汤鸡，即使穿着雨衣也没用……在阳光下，瀑布顶端的边缘呈现出玛瑙般深邃的绿色，之后由深绿到浅绿再到淡绿，最后化为一道银白的珠帘……

只有亲身经历后才能感受到尼亚加拉大瀑布为何是世界上水量最大的瀑布。它的上游是美国的四个大湖（苏必利尔湖、休伦湖、密歇根湖和伊利湖），大瀑布位于伊利湖与安大略湖之间的落差处，每秒钟都会有240万升的水从悬崖上落下，这快速的水流侵蚀着悬崖的岩石，导致瀑布每年会倒退三英尺。为了保护这一自然奇迹，人们就修建了之前所说的那两幢黑色建筑，其实它们是巨型的抽水装置，既保护了瀑布又可以发电。现在瀑布每十年才倒退一英尺。

当“雾中少女”号驶回岸边，太阳已高高升起，阵阵水雾随风飘过，巨大的七色彩虹桥如期而至，与连通美加两国的“彩虹桥”交相辉映……

第五站：遇见波士顿

波士顿作为美国最古老的城市之一，它独有的风情渗透了城市的每一个角落。第一次听说“波士顿”这个名字是在初中历史书上——1773年的“波士顿倾茶事件”。那时对反抗英国殖民统治的“自由之子”（殖民地的民间反抗组织）就钦佩有加，现在终于踏上了这片独立战争的发源地。

要读懂波士顿的历史就一定要去走一走自由之路（Freedom Trail）。这是政府规划出的一条长达四公里的红砖路，从波士顿公园延伸至邦克山纪念碑，沿途有麻省州议会、公园街教堂、老市政厅等十六站，每一站都记叙了一段传奇的历史故事。不妨放慢脚步，慢慢感受下波士顿红砖墙的文艺气息和古老的欧洲殖民地风情。

波士顿的远近闻名还在于它浓厚的学术气息。世界顶级学府哈佛大学和麻省理工学院均位于此处。我怀着朝圣般的心情前往了哈佛园，漫步在无数大牛走过的石板路上。历史上竟有八位美国总统毕业于此，一百五十二名诺贝尔奖得主在这里学习或工作。

哈佛大学最初的名字是“新学院”，1636年由英国殖民者建立，后来为感谢一位名叫约翰·哈佛（John Harvard）的牧师的慷慨捐赠，改名为“哈佛大学”。为了纪念他，校友丹尼尔·切斯特·法兰奇（Daniel Chester French）于1684年为他塑了一座雕像，但当时找不到任何约翰·哈佛的照片作参考，所以丹尼尔就选择了他那一届最帅的学生当模特。还有传言说触摸雕像的左脚会带来好运，如今他的左脚已经被摸得锃亮。实际上这是哈佛的学生为报复每日来打扰他们学习的游客们而编出来的谎话，到了晚上他们会将尿液倒在雕像的左脚上。所以，以后去哈佛可千万别再摸了！这座雕像正对着哈佛园的正门，据说哈佛的大学生一生只会走这个正门两次，一次是入学，一次是毕业。从正门走出去不远，有一间面包店，借着哈佛大学的光环，这家店都被取名为“聪明人的早餐”！

在波士顿除了体验深厚的文化底蕴外，自然风光也令人着迷。条条帆船徜徉于查尔斯河中，习习海风吹拂着水手的面颊，和煦的阳光洒在红砖绿瓦的古典建筑上，街边巷口还有诱人的龙虾餐和蛤肉浓汤……波士顿的慢生活着实让人艳羡！我们不妨背上相机，带上一颗闲逸的心，寻一寻这座老城背后的故事……

纳帕谷
——美酒圣地

纳帕谷（Napa Valley）对于葡萄酒爱好者来说绝对是个圣地，其影响力不亚于法国的波尔多。它位于旧金山北部的一个山谷，谷内丘陵连绵，土地肥沃。在印第安语中，“napa”即“富饶的土地”。温和的气候、和煦的阳光、清凉的海风……这些都为葡萄的生长提供了最理想的环境。在郁郁葱葱的葡萄园中，嗅着浓郁的酒香，令人迷醉。

纳帕谷拥有三百多个大大小小的酒庄，而且大多数酒庄是由沿袭着传统制作工艺的家族经营。有些酒庄的产量甚至每年只有200—500箱，因为产量极少，所以这些葡萄酒被称为“密宗窖藏”。其中也不乏一些闻名世界的酒庄，比如罗伯特·蒙大菲酒庄（Robert Mondavi Winery）、史特林酒庄（Sterling Vineyards）、贝灵哲酒庄（Beringer Vineyards）等，正是这些酒庄产出的佳酿为美国红酒在世界舞台上赢得了重要的席位。

以蒙大菲酒庄为例，罗伯特·蒙大菲（意大利人）先生于1966年创办了这家酒庄，他将法国橡木桶的技术引进美国，并将酿酒技术在美国发扬光大。酒庄的上乘之作赤霞珠干红在国际上享有盛誉。蒙大菲先生不仅在酒文化的传播上做出了巨大的贡献，他也热心于教育事业，2001年他曾向UCD（加州大学戴维斯分校）捐款3 500万美元。

参观了酒庄，还可在雅致的品酒厅内细细品味几款特色葡萄酒。品酒师会先排一列酒杯，根据口味的浓郁程度从弱到强，在杯脚注明葡萄酒的名称，然后将酒依次缓缓倒入杯中，杯中呈现出不同的颜色，金黄色、浅草黄、石榴红、宝石红……当你轻轻晃动酒杯，杯身透着酒的光泽，酒的芳香扑鼻而来。赤霞珠的口感丰沛馥郁，黑莓、甘草的水果风味夹杂着橡木桶独有的香气，收尾极悠长；霞多丽的口感细腻柔顺，草莓、桃子的清新果香伴着烤面包和奶油的香气，唇齿生津；莫斯卡托的口感甜美明快，玫瑰、荔枝、蜂蜜混合般的微甜芬芳，每一口都令人迷失在麝香葡萄的优雅之中。

望着落地窗外一排排绿油油错落有致的葡萄园，硕果累累的紫色葡萄挂满枝头，好不诱人。走进葡萄园中，看着一颗颗圆滚滚的葡萄，表面上结着一层薄薄的白“霜”，又饱满又可爱，似乎相互拥挤着想要探出头来。摘下一颗尝尝味道，酸酸甜甜的滋味顷刻打开我的味蕾，美好的滋味久久萦绕……

纳帕谷
——美食圣地

似乎盛产美酒的地方总有美食做伴，在纳帕谷有一段名不见经传的街区叫Yountville（扬特维尔），它可是米其林星级餐厅密集度最高的地区。

整个加州有三家米其林三星餐厅，两家在纳帕谷。有一家名叫The French Laundry（法国洗衣房），名字虽然很奇怪，却是一家顶尖的法国餐厅，“世界上最好的法式餐厅不在法国，而在纳帕谷”，这就是美食家们对这家餐厅的评价。餐厅低调地坐落在一片芬芳的白花丛中，俨然是栋田园别墅。透过厨房的玻璃橱窗，几十位厨师在主厨托马斯·凯勒先生的带领下精心烹饪着每一道佳肴。对面是餐厅的私有菜园，新鲜食材就来自这个园子。据说想要在The French Laundry就餐，需要提前三个月预定，而且价格不菲，人均四百美元上下，不过体验菜单上的十二道菜绝对是物有所值。另一家三星餐厅The Restaurant at Meadowood（梅都伍德餐厅）位于梅都伍德度假村中，同时它又是一家酒庄，集美食、美酒、美景于一身，体验菜单中的十道菜有超过一千五百种葡萄酒与之相配。

为了免去订位的麻烦，我们选择了一家当天到了就能吃的米其林一星餐厅——Redd（莱德餐厅），它主打的是新派加州菜，融合亚洲、欧洲和墨西哥菜的风味，挺适合亚洲人的口味。门面的设计很淡雅，室内以白、灰和原木色的现代风为基调，搭配艺术灯饰、图画、镜面，营造了一个极舒适而有格调的就餐环境。午餐的菜单上有十道前菜和八道主菜可供选择，甜品和酒类还有专门的菜单，特别值得推荐的是店里的招牌菜“Petrale sole, creamy jasmine rice, clams, chorizo, saffron curry nage”（龙利鱼海鲜烩饭），奶油香米与美味的海鲜相遇，辅以西班牙香肠的独特口感，最后用名贵的藏红花作调料提鲜，各色食材相得益彰，令人回味良久。另一道看似简单却极考验厨艺的菜“Roasted chicken, summer beans, crushed potatoes, poultry jus”（烤春鸡），用的是不易烹饪的鸡胸肉，外皮金黄焦脆，内里却鲜嫩多汁，佐以香甜的四季豆、烤马铃薯，利用各色小番茄配色、提味，每一口都是幸福的味道。

纳帕谷之行让人深切地体会到“唯美食与美酒不可辜负”，热爱旅行的你不如也来一场与纳帕谷葡萄美酒、米其林美食的邂逅之旅吧！

校园篇

UCI初印象

UCI（加利福尼亚大学欧文分校）成立于1965年，是加州大学十个分校之一。作为美国公立常春藤大学之一，UCI一直排在公立研究型大学前十名，现在已经有三位教授获得了诺贝尔奖。

早在1960年，欧文这个城市还不存在（直到1975年才正式成立），当时是一个叫詹姆斯·欧文的农场主管理着九万四千英亩的土地，后来他以一美元的价格出售了一千英亩土地给UCI发展校区。而现在UCI不仅是欧文而且是橙县（Orange County，是加州人口第三多的县，仅次于洛杉矶县和圣地亚哥县）最大的雇主之一，

2013年对橙县经济的贡献为43亿美元。

UCI的第一任校长是丹尼尔·G.奥尔德里奇(Daniel G. Aldrich)，他当时为大学制订了以艺术文学与科学学院、管理学研究生院、工程学院为中心的发展计划。现在UCI已经将生物科学、人文、物理科学、社会科学等专业发展为强项，并拓展为包括十六个独立学院的综合性大学。

UCI校园的设计理念是前卫后现代，环境非常优美，还常常能遇到学校的吉祥物——食蚁兽。比较特别的是校园里伫立着四座中国古代圣贤的雕像，分别是孔子、李白、麻姑和屈原，这跟学校里有大半的ABC(生在美国的华裔)学生有关。

UCI的大学“食堂”

其实美国的大学是没有大食堂的，只有一家家独立的餐馆或者咖啡厅，你可以选择在店里吃或者带走。UCI里除了有一些独立的餐馆外，还有两个大的“公共就餐区”，分别是东餐厅和西餐厅，设计很人性化。就餐区有很多小的门店，是不同口味的餐馆，例如大家熟悉的赛百味，中式、日式、印度式、西式等口味一应俱全。

买好餐点后就在公共区域享用，很多人三五成群地在这里聚餐，我发现还有好多人是拿着电脑在这里做功课的，让我想起了某位伟人当年也能在嘈杂的长安街上读书……这种公共就餐区有一个很大的优点，就是你可以自己带饭来用这里的公用微波炉加热。

我还是第一次带饭来学校（之前只是在网上查到信息可以这样做），怀着忐忑的心情寻找着微波炉，终于在不远处看到几个人在排队。我发现在这里加热食物的基本都是吃米饭的，看来像我这样吃不惯西餐的人还是挺多的嘛，于是依葫芦画瓢地操作起来。等待两分钟后，香喷喷热乎乎的饭菜出炉啦。我吃得津津有味，吃完后问题来了——去哪里洗碗呢？问了两个跟我一样自己热饭的小女生，她俩齐声说道："洗手间。"好吧，虽然有点囧，不过在洗手间洗碗真的很方便，还有热水、清洁剂、纸巾，最后还是建议UCI能设立一个公共的清洗区域，方便带饭的同学清洁餐具啦。

UCI的图书馆

UCI总共有五个图书馆，分别是朗森图书馆（Langson Library）、科学图书馆（Ayala Science Library）、医学中心图书馆（Grunigen Medical Library）、法学院图书馆（Law Library）和学习中心（Libraries Gateway Study Center），严格意义上说最后一个不能算图书馆，只是一个超大的自习室。

人文社科类的同学一般都会去朗森图书馆，这里的大厅定期会有展览，目前正在展出"咖啡和文化"，是历史系教授史蒂芬·托匹克的研究成果。加上地下室，这里总共有六层，每一层都有自习的地方。跟国内不同的是，这里自习的座位不会扎堆，很注重隐私，座

位间也都有隔板。当然如果几个人想坐在一起看书、讨论也是可以的，图书馆有专门的自习室，隔音效果很好。如果想单独占领一间自习室，也是有机会的，成为优秀学生就可以申请啦。最特别的是图书馆提供的沙发跟课桌一样多，供同学们休息。在这里可以看到各种奇形怪状的睡姿，有位老兄已经在洗手间旁的沙发椅上打呼了……美国任何地方都不提供热水的，基本都是直饮水，渴了就去饮料区喝两口凉水吧。UCI的学生和教工还可以随意在机房使用计算机，而且机房都开到夜里三点，看来赶夜工的同学很多呀。

相比朗森图书馆，我实在是不喜欢学习中心，一进门就感觉特别空旷，虽然计算机很多，而且都是清一色的苹果一体机，但是里面很吵闹。它也有单独的自习室，但只有几个人一起才能申请使用。整个图书馆就一个独立的空间，大概有三层楼的高度，三面都是玻璃墙体，阳光直射得刺眼，喝水的地方也没有，只适合在这里短时间学习的学生。其他三个图书馆我还没有去过，希望有机会也去感受一下它们的风采，顺便比较下理工图书馆跟人文图书馆的差异。

戏剧性的是，就在我写这篇短文的时候，火警铃响了。原来是某人误闯紧急出口。于是大家陷入了聊天的气氛中……

初游洛杉矶
——参加美国西南公派学联新年会活动

今日搭W同学的车前往洛杉矶中国驻美大使馆参加美国西南公派学联新年会活动。怀着小激动的心情出门太早，结果提前了一个小时到达。抵达的时候还真没看出来铁栅栏后面破旧的五层大楼就是中国大使馆，门口站了个高大魁梧的黑人保安，非常和善地告诉我们十点才开门。

今天的活动分别有来自加州大学洛杉矶分校、南加州大学、加州大学欧文分校、加州大学圣地亚哥分校四所高校的访问学者参加，由各大校的学联主席联合中国驻洛杉矶大使馆举办，大概有一百位老师及同学参加，会场里圣诞树和灯笼齐聚的画面很有中西合璧的感觉。

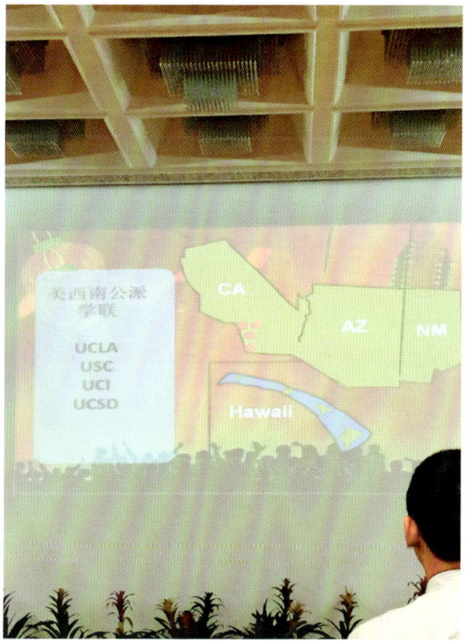

令我感触很深的是袁参赞讲的一番话，他说，中国现在很重视留学人员的发展问题，提出了十六字方针：支持留学、鼓励回国、来去自由、发挥作用。国家很缺乏区域性问题研究人才以及小语种人才。他举了个例子，中国官员出访希腊，现场总共有两个翻译，希腊方翻译将希腊文翻译成英文，中方翻译再将英文翻译成中文。希腊作为欧洲文明的发源地，偌大的中国竟然找不到一个人能熟练掌握希腊文。另一个例子，国家现在建立了“协同创新平台”，是一个服务于政产学研用协同创新的专业化社会化协作平台，想找一个研究非洲问题的专家，可是在清华、北大等各大学府都找不到，最后是在浙江理工学院找到一个默默研究非洲问题数十载的老师。所以说做任何事都要静下来潜心研究。

活动的抽奖环节和游戏环节也很是精彩，气氛相当活跃，大家一下就熟络起来，今天认识了好多“未来”的数学家（高宏峰博士）、物理学家（裘英华博士）、计算机工程师（裴颂文老师）……在海外，学联这根纽带一下子就把大家给团结起来了，让人产生了归属感。

美国公共图书馆

欧文总共有三个公共图书馆，很幸运离我十五分钟路程的地方就有一家，叫作Orange County Public Library - University Park Branch（橙县公共图书馆—大学公园图书馆，欧文属于橙县，这个县总共有三十四个公共图书馆，多到吓人）。

大学公园图书馆的门面非常不起眼，跟国内图书馆的风格很不同，大约一层半的高度，占地面积也不大，掩映在常青树后，可以用“低调”来形容。门口一块小黑板上写着色彩斑斓的粉笔字，预告本周图书馆的亲子活动、作者见面会、读书会等社交活动。

BLACK TOWER
P.D. JAMES

进门后首先看到的是接待处。向工作人员询问了办理图书卡的流程，只需要提供附有照片的身份证明文件就可以，今后凭借这个卡可以一次性免费借五十本读物（包括图书、杂志、DVD等），时间一般是三周，但是如果超时就要交罚款了。他们会提供一个电子账户，可以直接在官网查看并管理借阅情况，还可以下载电子书、使用公共数据库等。此外，还有一项馆际图书借阅的特色服务——只要读者需要，即使不远万里，图书馆也会给你调过来。他们的官网是政府直接管理的，其规范程度绝不亚于任何一座大学的图书馆。主页包括以下几大板块：读本、影音制品，电子图书馆（包括电子书、数据库、读者账户、语言学习、退伍军人资源等），儿童学习板块，青年学习板块，三十四家分馆的详细信息及链接，其他服务。除以上栏目，主页上还详细标明了各分馆近期的活动预告及当地新闻。

大学公园图书馆是橙县图书馆体系中规模中等的一家，馆内设有图书区、影音制品区、自习区、公共电脑区、亲子活动区、茶水区等，整个馆内都有WiFi覆盖，可谓“麻雀虽小，五脏俱全”。我注意到自习区的一个位置上提供铅笔、便笺纸、电动卷笔刀等文具，非常贴心。图书区主要是英文和西班牙文书籍，不过加州的亚洲人口非常多，所以这里的中文、日文、韩文、越南文书也占了三排书架，工作人员中也安排了中国人。公共电脑区多数是学生在使用，在这里初中生已经需要独立查找资料做课题了。亲子活动区是

馆内最活跃的地方，很多家长带着小朋友到图书馆来读书学习，“教育从娃娃抓起”，而且图书馆会定期组织各种亲子活动，包括写作、讲故事、画画等。

欧文这家小型的图书馆作为美国公共图书馆的一个写照，展示了美国公共图书馆“为大众服务”的特色，如今它已经完全融入了美国人民的生活，成了连接社区居民的纽带。借用杜威的一句话：“以最好的图书，花最少的代价，提供给尽可能多的读者使用。”不得不钦佩这个国家对社会福利一点一滴的投入。

在UCI听讲座的日子

在UCI听讲座无疑给我的人生增添了精彩的一笔。几乎每一场校园讲座，无论大型的还是小型的，从宣传、接待到举办过程，都是国际性学术会议的规格。

从各种讲座的资源分享开始，你可以关注学校的官方网站，各学院或者各社团的讲座都会在各自的板块张贴预告。如果不愿意登录学校的网站也没有关系，邮箱里几乎每天也会收到学校各部门发送的近十封邮件，包括各类新闻、社会活动等，当然很多讲座的内容也在其中。如果你连邮件都懒得查收，学校的Facebook主页或者Twitter主页总可以关注一下的吧，而且周边的朋友还会不停转发、点赞，想不获得各类讲座信息都很难。

在众多资源信息中搜索自己感兴趣的讲座后，你需要仔细阅读讲座的信息，因为在UCI有些讲座是要收费的，而且价格还不菲，例如软件使用、语言学习等讲座。大部分讲座即使对公众免费开放，还是需要注册的，注册后会有一张电子票发送到你的邮箱中，你可以打印出来，或者下载一个叫Eventbrite（在线票务平台）的软件，这样就形成了专属于你的二维码电子票。同时你可以将这个电子票自动添加至手机的“日程”中，生成“事件提醒”，如果不清楚具体地点，这个软件还可以链接谷歌地图直接导航。这样，各场精彩讲座的时间、地点、内容都有手机随时提醒，绝对不会错过啦！

一般讲座开始前都会预留一部分接待时间，方便大家进行预热交流。会场会提供咖啡、水等饮料，以及点心、水果、沙拉等简单食物。大家边吃边聊，气氛更融洽，所以往往讲座开始前大家就已经跟演讲者交流得很热烈了。真正讲座的时间往往在一到一个半小时，还包括问答环节，当然讲座过程中也可以适时地提问。在这里永远不用担心没有人提问，只会有提不完的问题。讲座结束后，只要主讲人愿意，还可以与他/她合影留念，毕竟在UCI开讲座的大牛太多，机不可失呀！

校园讲座之一
——黎巴嫩中央银行的SoLoMo计划

黎巴嫩中央银行现推行一个新的项目SoLoMo，即“Social，Local，Mobile”（社交，本地化，移动），如何使中央银行发挥SoLoMo的功能是黎巴嫩中央银行未来发展的主要课题之一。

开发这个项目涉及的三个方面是：社交商务、定位服务和移动商务。实现这三者的交互要有以下各方面的支持。第一，市场方面，黎巴嫩有四分之三的人是没有银行账户的（太不可思议了），待挖掘的市场还非常大。无现金交易的转账支付等需求伴随经济发展逐渐增多。第二，技术方面，近距离无线通信技术（NFC），嵌入式手机SIM卡，手机移动互联网，安全强化等技术不断进步。第三，基础设施方面，包括支付网络、销售点终端机等的搭建。第四，风险方面，这种协作的项目可分担风险，代替现金交易的方式可减少偷窃风险。第五，法规监督方面，有来自政府当局和公共机构的支持，新的监管理念的促成。

黎巴嫩中央银行在借鉴肯尼亚的M-Pesa（移动支付）项目，德国铁路的Touch & Travel（新一代移动票务系统），以及苹果公司的Apple Pay（苹果支付）后，提出了建立本国SoLoMo基础设施的一些措施。第一，非常规的货币政策，包括一系列的刺激经济发展的政策，振兴教育经济（支持创业公司和新兵训练营等的股权融资）。第二，在发展银行业和金融部门的同时，加强审慎监管和事前监管，以维护金融体系的稳定性，并保持银行业和金融体系的信心。第三，构建安全有效的支付体系，发展电子商务。第四，构建手机移动运营商和银行之间的合作关系，增添新的商务合作模式。第五，为数字化服务行业的发展消除阻碍，并允许其中的良性竞争以激发创新性。

为什么留学生的厨艺都会变好?

今天在网上看到一句话:“出国的童鞋不是出国,那是去了蓝翔技校啊!”字字精辟,说出精髓,戳中笑点。那么是什么造就了这一个个“厨神”呢?说到底是饮食习惯的极大差异。

美国的餐厅以西餐为主,快餐式的西餐没营养,吃多了很容易腻,而且大多数真心不好吃;好吃的西餐(一般是法国菜、意大利菜)动辄一顿一百美元,也不能天天去消费呀;相对划算些且味道不错的日韩菜是个不错的选择;中餐,总觉得做得不地道,而且有些中式快餐店也确实不卫生;东南亚菜……呵呵,就不做评价了。而且要去这些餐厅你得开着车去找,美国餐厅的分布密度跟国内可是没法比的。

综上所述,在考虑到饮食习惯、金钱成本、时间成本等因素后,自己动手才是王道!跟国内的宿舍不同,在

国外读书基本都是自己租房，房内都配备了独立的厨房，所以做饭反而成了一项生活乐趣。室友相互切磋切磋进步会更快哦！

说说我所在的欧文，临海城市，所以这里海鲜食材非常丰富，没事我就爆炒个肉蟹、焗个大虾。几乎每间公寓都配有烤箱，烤排骨、烤鸡翅也成了我的拿手好菜，而且一次可以烤一大盘，存在冰箱里慢慢吃。美国超市各种点心材料一应俱全，烤个千层酥、蔓越莓曲奇作为下午茶，配上一杯意式咖啡，坐在自家的阳台上看看蓝天，也是蛮美妙的。要是实在馋了，那就得做点重口味的了，比如水煮肉片、宫保鸡丁、野山椒牛肉丝等。当然，经典的牛排配加州葡萄酒也是必不可少的一道“家常菜”。朋友们聚餐，妈妈再也不用担心我的厨艺了！

写到这里我都不由自主地要给自己的厨艺点个赞了，食海无边，仍需努力！

美国室友

每年六月欧文都会迎来一波搬家潮。一方面，欧文的大学院校比较多，学生或毕业或以各种方式过暑期，而且大多数学生是在校外租房的，六月底是退房最频繁的时期；另一方面，美国人换工作的频率较高，六月也是工作合同到期的多发月份。我也赶上了这波搬家潮，从Park West搬到了UCI附近的Harvard Court公寓，与三个美国女生做起了室友。

三位室友都处在大学三年级或四年级的阶段，S在一家报社做摄影实习，J和P在上UCI的暑期班。大家的国籍、肤色、文化背景等都不尽相同，性格、作息规律、生活习惯都需要时间磨合，所以要真正做到和谐相处是要摸索的。

虽然我在这个群体里年龄最长，但中国人看着年轻，而且在美国年龄差距根本不是问题，所以性格外放型的J担当了类似领导角色。她是我见过最礼貌的美国朋友了，永远把“Thank you!”（谢谢！）、“Excuse me!”（不好意思！）、“Is this OK for you?”（这样行吗？）挂在嘴边，而且每次看她都是在微笑的样子，相当友善。我有任何事情，她都第一时间帮忙。有一天晚上十二点多了，她已经睡下了，我刚躺到床上突然发现床板错位陷下去了，她听到后二话不说就爬起来帮我掀起床垫重新安装床板。吵醒她我已经很不好意思了，结果她还安慰我，担心我有没有受伤。每天她都主动帮大家查询邮箱里的邮件，打扫公共区域的卫生，房租、水电费等杂事也都是她统一处理……简直就是“世界好室友”的典范！

我们四个人的生活习惯、作息规律都不太相同，但是大家都很为对方考虑，平时都尽量保持安静，一般也不会带其他客人到公寓来，即使是男友也要征求宿舍所有室友同意后才可以进门。如果遇到需使用盥洗室较长时间的时候，也会问过其他人需不需要先用一下。室友们都非常爱干净（不知道是不是我运气好，因为也确实有人遇到过极其脏乱差的美国奇葩室友）。总体上感觉我的室友们都很友善、礼貌、整洁。

此外我还发现美国室友有一个很明显的特点——直接！我还记得第一次开寝室会议的时候，大家一起订出了几条“舍规”，虽然不算是明文规定，不过她们直接的程度还是让我印象深刻的。会议刚开始的时候，J就说她发现有人用了她的肥皂，不是不可以用，是要经过她同意后才可以用，并表示这属于私人物品，是原则问题……怎么一上来就抛出这么尴尬的问题呢，作为中庸的中国人这时候就要送上标准式的微笑化解这个局面。没想到紧接着P又抛出了第二个尖锐的问题。因为有时候做完饭大家会习惯性地把用过的厨具丢在水池里，导致越积越多，这样既脏乱又会给下一个做饭的人带来不便……我OK还没说出口，S就开始道歉了，她表示因为实习工作她比较忙，所以经常没有时间清洗餐具，为此她非常抱歉，并且会马上改正的，如果她还有其他什么做得不好的地方给大家带来不便，也希望大家可以提出来。大家都表示理解，并着手制订“打扫卫生值日表”——每周由谁负责清洁客厅、厨房、卫生间等的明细表，第二天就打印出来贴在了冰箱上。通过这次会议我发现“直接”可以化解室友间的误会，完全没有必要感到尴尬，这反而可以保证大家生活的环境更美好。

当心不靠谱的美国室友

自从搬进新公寓后，和几位美国室友相处得很愉快，其乐融融，可惜好景不长，不靠谱的事儿还是发生了。

一天室友P一回来就宣布她要搬到校内去住，而且已经签好了合同，现在她将退租我们这边的房子，并找到了一个新室友A来顶替她的位置，但不能保证A能住多久。关于这个新室友A，她只是简单地描述了一句"She's awkward."（她有点奇葩。），而且明天就会搬进来。对此我们都很诧异，因为毫无预兆，搞得大家措手不及。而且她要求室友J和S后天和她一起去出租办公室将她的名字去除，这样她就不再对我们这所公寓负责了。她这种行为相当于提前终止自己的合同，但是需要跟她在同一个合同中的室友一起签字同意她离开，这样她才不需要缴纳违约金。

没想到J和S就这样同意了她的要求，估计她们当时也是蒙了，都是不到二十一岁的小女生，而且平日里P一直担任着“大姐”的角色，她们对P自然也就“言听计从”了。可惜当时我不在场，只能听她们转述，而且我是短租，名字不在出租办公室的租房合同中，自然也没有什么话语权。

虽然我对P这样的做法不敢苟同，但真正令人窘迫的事还在后头。第二天晚上她领着这个所谓“奇葩”的A来到公寓，第一印象就让我大跌眼镜。A是个身高一米八的女生，一进来就有气无力地坐在床上，行李丢了一地，也不说话，只有P简单介绍了下她的情况。接着A就打开了她的笔记本，待大家都离开后，A对我来了句:“密码是什么？”是问我WiFi密码吗？她也没回应。我只能当她是问这个了。出于礼貌我走到路由器旁边，告诉她网络的名字，并对着密码念给她听，可是还是没有收到任何回应，我都要怀疑她是否有听力障碍了。终于她看了我一眼，我又念了一遍，可她居然又问起我网络的名称。估计室友J听到了，出来帮忙，结果她也蒙了。因为不管她说什么，A都没什么回应，像陷入“冥想”的状态似的。我俩只能面面相觑，这样的场面持续了足足两分钟，A才“醒”过来，这一遍她终于听清楚了，我们蹲在地上半天，她连半句感谢的话也没有，之后就默默地看她的电脑了……这一晚就在这种尴尬的气氛中度过了。

早上醒来看到的场面让我更震惊了。室友A的行李散落一地，还堆到了餐台上；洗手间、衣帽间的灯都大开着，但是她人似乎已经出门了，据说她在实习；洗手间的池子里、台子上都是掉落的碎头发，各种洗漱用品堆满了洗手台……干净整洁的公寓瞬间惨不忍睹，更惨的是她居然还用了我的牙刷、牙膏，我只能“含泪”丢弃我的牙刷并收拾起这副“残局”……接下来一天有关她的奇葩事实在无力一一赘述：因为想开灯睡觉，就必须让我开着我的床头灯；在小区里精神恍惚地乱晃，以致车辆绕道而行；还在床上练“气功”，念“咒语”；继续对我们说话无回应；房间也被她弄得各种脏乱差……后来我咨询了个医生，得知她这种情况很有可能是自闭症，虽然不能确定，但是种种诡异的行为已经让我们大开眼界了。所以我们商量着如何请她搬走。

遇到这种事我也是头一回，问了已经搬走的P到底是怎么回事，她居然说早就跟我们说过A很奇葩了，而且她已经不在合同里了，所以这事她也管不了。对于P我只能感叹，遇到如此自私自利的人实在是我们的不幸，提前毁约就算了，怎么还能在她已知的情况下带进来一个这么大的麻烦。可是现在我们的确是拿她没办法，只能当作这又是一次历练吧。

所以以后大家在美国租房，一定要坚守合同的每一条规定，因为只有合同在才能保护自己的权益，遇到紧急情况不要慌乱，冷静地理清思路，多问问过来人的经验。找到好的房子不容易，找到好的室友更要看缘分。

美国大学生的暑期生活

美国的大学生主要有三个假期，一个是12月份圣诞节为期一周的冬假，另一个是3月份为期一周的春假，最长的要属6月到9月的暑假了，有些大学的暑假长达四个月。UCI的暑假从6月13日开始，至9月21日结束，如此漫长的暑假时光，大学生们会如何安排呢？

大部分学生都会选择实习或者打工，一来增加社会经验，为将来正式工作锻炼能力、积累人脉；另一方面有些工作还能赚些外快。室友S就利用暑假在杂志社做摄影师，不得不佩服她年纪轻轻就已经完全负担自己的生活开支了。当然还有些工作是义工性质的，比如医院、养老院等机构的义工（“义工文化”是美国的一大特色，男女老幼都乐于参与。这种全民无偿奉献、回馈社会的精神值得学习）。

一部分致力于搞好学习的大学生，会选择暑假修课。暑假的学费比较便宜，多修些学分有助于提前毕业或者多拿学位。为读研读博做准备的大学生可申请科研项目，或申请加入合适的科研机构、科研团队实习。美国大学本科的暑期阶段常有政府资助的本科生科研项目，其中最著名的是“本科生科研体验”(Research Experience for Undergraduates)，由专门的评选委员会讨论录取，一经录用，一般会支付八到十个星期的科研奖学金，数目较高，可以保证专心研究[①]。

既然是假期，自然也少不了旅游出行，很多大学生会结伴出游。有意思的是他们的经费来源，室友J为了筹集她的旅费可是费了一番工夫。她省吃俭用地节余了一部分生活费，再加上在实验室赚的一部分经费，但还没凑到旅费的一半，最后她只能找父母“借”了，日后从每月的生活费中扣除一部分用来“偿还债务”。实在是用心良苦呀！

除了这些，大学生们还有其他选择，绘画、音乐、运动……或做些自己觉得有意义的事情。有个朋友通过AISEC（国际经济学商学学生联合会）组织前往非洲支教了，当然每个人的选择不同，多做些适合自己发展的事情更重要。

① 此处参考了“心路独舞”搜狐博客

congrats
GRAD!
PARTY TIME
Get Real Low prices
Cakes
8.99
Advertised Special
$2.99
20¢
SWEET, SMOKIN'
Southern

生活篇

6
frozen meats
ice cream
frozen seafood
frozen desserts
frozen breads
frozen novelties
ice cream

大通银行开卡

开启美利坚生活的第一天，我办的第一件正事就是开通银行卡。经过多方打听，大部分访问学者都用大通（Chase）银行的储蓄卡，一来它规模大，网点多；二来它时常推出存款优惠政策，比如存入15 000美元可享受200美元的返现。于是我也选择了一家大通银行的网点开通储蓄账户。

一进门我就发现客户很少，也不用像在国内时先取号，而是直接在大厅排队等候（一般也就一两个人在等），不一会儿就有一个类似于“大堂经理”的女士走过来问我需要办什么业务，向她说明我是来开通储蓄账户后，她就示意我可以先在休息区坐下喝杯咖啡，她去安排一位个人客户经理来协助我。

随后从办公室走出一位亚洲面孔的帅哥，他介绍自己叫弗兰克，聊了两句他问道：“中国人吗？”真是他乡遇故知，开个卡都能遇到同胞。原来他是台湾人，英语已经讲得比中文还要好了，或许从小在这边长大的吧。之后他领我去他的办公室，要了我的护照，问了我要存多少数额、年龄等，准备为我开一张免年费的借记卡（二十五岁以上要交年费了）。

他们的运作方式与国内完全不同，办事效率超高，服务态度又好，我自己都不用去柜台，弗兰克数好我要存的钱就放进一个信封里走去柜台，等他回来的时候已经带着压印好我的名字的银行卡了，接着还详细地介绍网上银行、手机银行的操作，并提醒我这个卡每天的使用额度等注意事项。开完卡我才注意到大通银行原来属于J.P.摩根集团，不愧是世界顶级的金融集团！

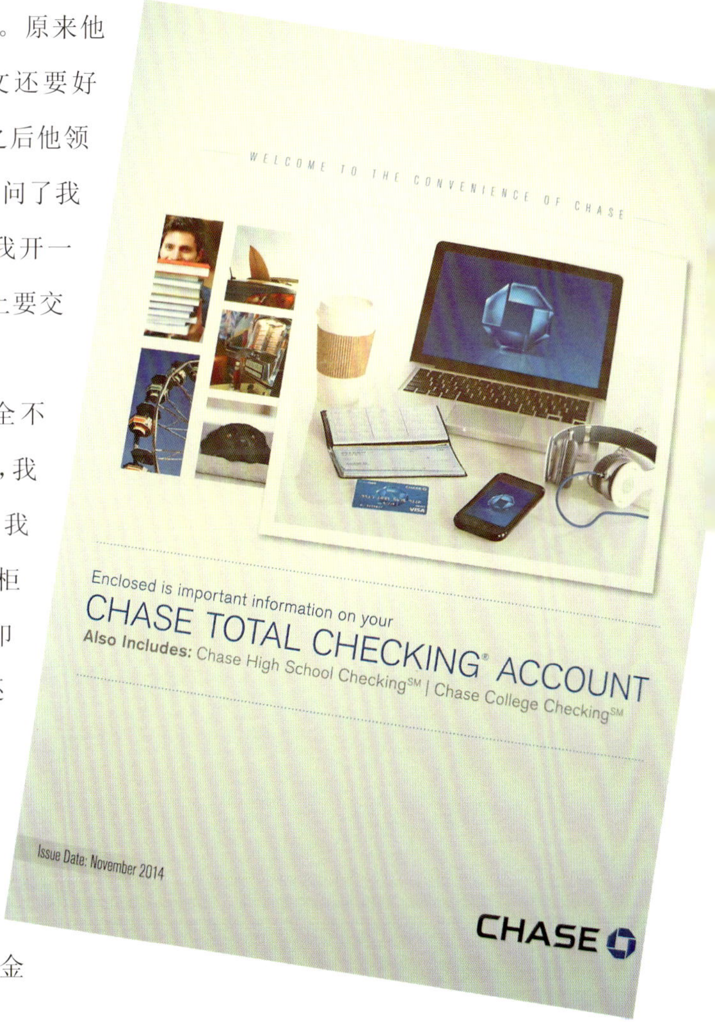

开通AT&T电话卡

美国的通讯商有很多，例如AT&T，T-Mobile，Ultra Mobile等，各家竞争也都比较激烈，所以一般你开通较贵的月租卡，都是可以免费打电话发短信的。我选择了AT&T的预付费SIM卡，进入AT&T的营业厅，晃了一圈，一个穿蓝色工作服的工作人员走过来，登记我的姓名，当作是记录顾客进入店铺的顺序，同时也保留了顾客的信息，以便今后追踪。

登记好就在休息区等候，排到我的时候，一个叫Tin的工作人员为我服务，将我带到一张开放式的很像吧台的小圆桌旁，开始为我办理业务。相比在国内办手机业务面对的是西装革履的客服人员坐在电脑柜台前一板一眼地服务，我还真有点不习惯。我表明自己是要买个电话卡，他说你可以选些自己想要的幸运数字，他能找到最合适我的电话号码。我表示对号码很满意，他就去制作适合我的手机机型的SIM卡，并帮我激活。

他翻来覆去地看我的手机，然后夸奖道：“你的手机壳真好！”还拿出自己的iPhone 6比对了一下，赞叹道：“我以为自己的这个已经是最薄的啦，没想到你的还可以这么薄。”而且他的价格是我的十倍，只能说国货美货各有千秋吧。

发达的信息网络

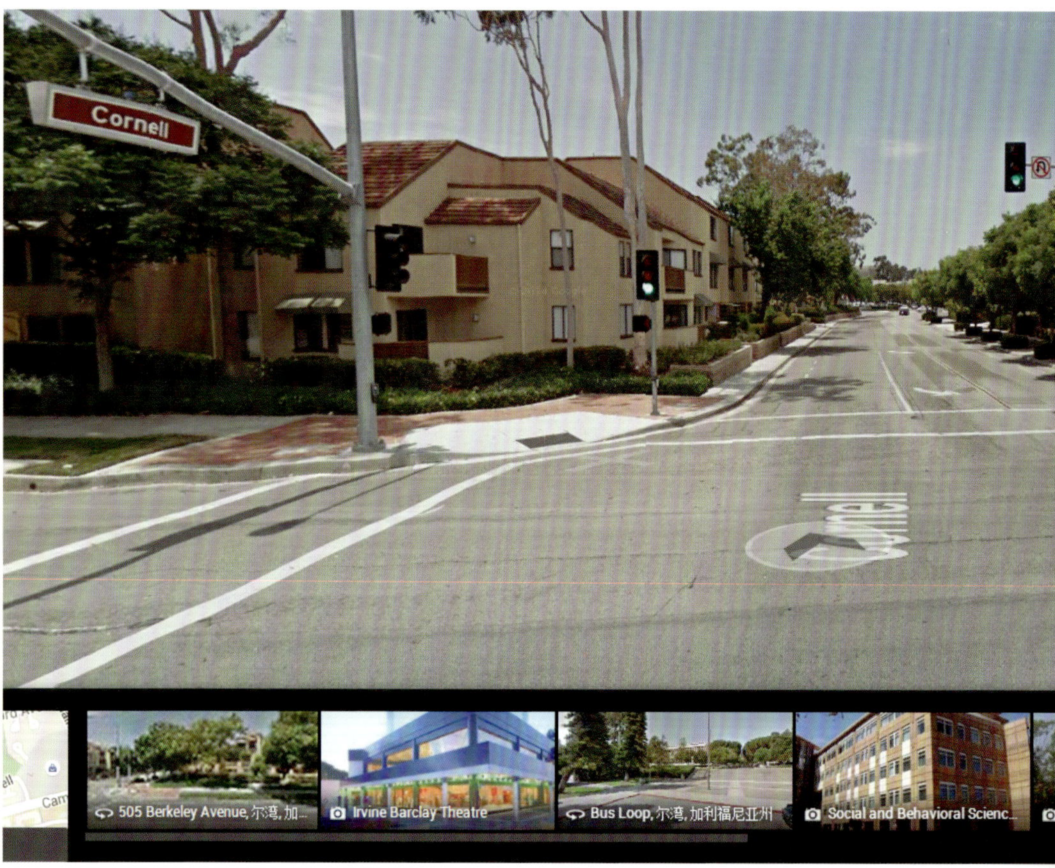
Cornell
505 Berkeley Avenue, 尔湾, 加...
Irvine Barclay Theatre
Bus Loop, 尔湾, 加利福尼亚州
Social and Behavioral Scienc...

美国信息网络的发达程度，我想从以下几件小事来证明。

今天收到一个没有显示姓名的美国本土电话，响了两声挂了，于是我在Google（谷歌）上查了一下，居然显示出这个号码的机主的姓名、年龄、地址和邮箱等信息，机主是一个叫艾琳·史密斯的七十一岁老人，估计是拨错号了。

如果你想明天去某家超市，但是不知道它几点开门，Google一下，关于这家店的地址、营业时间、客户对这家店的诸多评价（附图片）等各种信息都能找到，类似于中国的“大众点评”，只是美国扩展到了每个营业的店铺，无论它经营什么。

在Google地图里输入任何一户人家的地址，你就能找到精确的地点，并且点击进去可以看到动态的实景图，仿佛身临其境一般，有很多地址还会附有路人的评价，查找路线极为方便，而且可以提供汽车、公交、自行车、步行四种方式的路线，因此Google地图也成为出国必备软件之一。

美式餐厅
——加州比萨厨房

今天是我的生日，选敏阿姨一家特意带我出去享受美式特色美食——比萨，这是我第一次在美国点菜的餐厅感受服务。我们前往的餐厅叫作加州比萨厨房(California Pizza Kitchen)，一进门，首先要找到有引座员的大门，在那里排队，一定要等引座员领我们到特定的餐桌前才可以点餐，之后会安排一个专门的服务员服务我们这桌。

很幸运是一个金发美女为我们服务，她给了每人一份菜单后，首先问我们要喝点什么，普通的苏打饮料和水都是可以续杯的(有意思的是，如果是小朋友想续杯，服务员要先征得小孩的父母同意才可以为其续杯)。等我们选择好后，她就过来点单了，如果拿不定主意，她会热情地推荐他们的招牌菜。

等所有的菜都上好后，我本以为她的服务就结束了，殊不知在我们就餐的六十分钟内，她来了四次，问我们有没有什么需要，吃得还满意吗，实在是太热情了，这才是真正的美国饮食文化。我们也一直很开心很确定地回复她说好吃。

最后要买单了，她还热心地问我们还需不需要甜点，并介绍有新鲜的什么什么。我们说不用，她就打出结算单了，可以选择刷卡或者付现。走之前，我们将餐费的15%—18%留在桌上（中午是10%—12%），作为刚才为我们服务的服务员的小费。美国的确是一个小费国家，服务员的收入绝大多数靠小费（不过像汉堡、墨西哥卷等快餐厅是不用付小费的）。直到我们走出餐厅，服务员仍然会热情地说“Have a nice day!”（祝您愉快！）或者“Happy weekend!”（周末快乐！）之类，服务至上。

美国超市

来美国五天了，逛了不少家超市，每一家给我的感觉都是干净、整洁、明快。美国是没有菜市场的，大家都是去超市买菜，超市除了基本的“菜市场”功能，其他生活用品也是一应俱全。平日里我就爱搞搞西餐，这下真是正中我下怀了。欧文有美国的本土超市，还有中国、日本、韩国、中东等地的超市，大部分商品价格适中。例如，Costco（好市多）超市是美国的大型仓储连锁超市，有点像麦德龙，不过比麦德龙还要再大一些，也有些类似于超市版的宜家家居，所有商品都是大批量的，价格也相对更划算，需要会员卡才能进。这里

Wonderful PISTACHIOS

Get Real
Low
prices
ACTIVIA
GREEK

也是给国内亲友购买礼品的好去处，例如各种钙片、维生素、首饰等。试吃活动很多，转下来一圈，估计也就试吃试喝饱了。

一般大家都觉得中国、印度等地的调料多，这边的调料少，其实完全不用担心，这里的调料其实比国内多很多，而且很多昂贵的调料（比如藏红花）在这里也是相当划算的，中式的酱油、料酒、“老干妈”等也都跟国内的一样。说实话，看到“李锦记”和“老干妈”真是倍感亲切呀。欧文靠海，所以海鲜品种也特别丰富，各种螃蟹、龙虾、海鱼真是巨大无比，看着都吓人。许多超市都设置了寿司摊，也许是因为日本人较多的原因，路上随处可见亚裔。

超市的买单也很有意思。美国的人工成本高，所以他们会开设自助买单通道，顾客自己充当收银员，将商品扫码，分类打包，然后刷卡结账。我在人工买单时，需要找零，收银员找给了我几张纸币，然后就听到清脆的丁零当啷声，原来面额不到一美元的零钱会以硬币的形式从旁边一个机器里吐出来，这样既节省了买单的时间，也减少了找错钱的概率。

美国人的健身之道

美国人对健身的崇尚令人惊讶。虽然我才来了几天，但是已经感受到他们对健身的热爱。有一天在走去学校的路上，那时还是元旦假期，路上行人稀少，就算有也都是在跑步，我是唯一的“行人”。每过两分钟就会有几辆山地车从我身旁呼啸而过。骑车的人都是全副武装，戴着头盔、护膝、手套，穿着紧身速干衣，车上配着运动水壶等器材，各个看起来都像我在电视里看到的专业骑行选手。有的已经是白发苍苍的老头老太，也骑得不亦乐乎。

美国拥有众多社区，类似于国内的居民小区，只不过这里地广人稀，社区基本都是两层小楼房。每个社区基本都配有健身房、游泳池等，并且免费开放，鼓励大家去运动。很小的小朋友就开始戴着头盔练习滑板，骑自行车，摔了跤家长就鼓励他们自己爬起来。这些日常的举措都增强了美国这个国家整体的国民身体素质，即使七老八十身体也都棒棒的。今天在超市看到一位白发苍苍的奶奶健步如飞地从我身边走过，手上还潇洒地拎着一瓶白葡萄酒，开心地去付钱。要是在中国看到这个场景大家还不得都吓一跳。

残疾人也有春天

残疾人属于弱势群体，理应得到社会大众的关照。美国为保障残疾人这一群体的利益，可谓是巨细靡遗。

我刚下飞机的时候感受就很明显了，大约七辆轮椅在出口守着，估计是收到此趟航班有七个残疾乘客的通知。任何停车场内都有残疾人的专用停车位，其他人的车是禁止停靠的，而且停车位旁还有一片“No Parking”（禁止停车）的空地，以便为行动不方便者提供更多的行动空间。只要有台阶或者楼梯的地方，旁边就会有一条残疾人专用的平坦的坡道，虽然很占地方，但这是人家法律规定的。电梯里除了普通的按键，还有一列盲文按键。公共厕所基本都设计成残疾人和普通人通用的样式，坐便器旁安装把手，纸张等安放在较低的位置。一些需要大力推拉的电子门，安装残疾人专用按钮，只要一按，门就会自动打开，不需要费力推拉。

在这里，残疾人可以像正常人一样方便自在地生活，社会福利很高，所以在中国发生过这样的事件：一个残疾人运动员去办理签证，说被邀请去美国做一个发言，但是三次遭拒签。想来是签证官怕他借此机会移民美国，所以坚持不放行吧。

美国汉堡文化
——In-N-Out

大家都说到了美国没吃汉堡，就不算到过美国；到了加州没吃In-N-Out，就不算到过加州。很幸运学校里就有一家，我上完自习刚好去那里享用午餐，离店铺还有五十米远就已经感受到它的生意火爆了。这是一家提供开车购买服务的快餐厅，专门开了两个窗口（一个点餐，一个取餐）提供给开车的顾客，此时车队已经排到马路上了，这在地广人稀的美国是不多见的。当我走到店门口时，发现店里店外都坐满了人，但为了这份美味，就算排队也是值得的。

In-N-Out的菜单看上去很简单，就三种汉堡：牛肉汉堡、芝士汉堡和双层芝士堡（两片牛肉、两片芝士），还有炸薯条与饮料，以及三种味道的奶昔。但其实它的卖点在于它还有一份秘密菜单，包括了双层牛肉汉

堡（两层牛肉饼，没有芝士片）、“3×3”（三片肉饼，三片芝士）、“4×4”（四片牛肉饼，四片芝士）、那不勒斯奶昔等，这吸引了大批的粉丝，而且这种营销方式足以成为营销课程的经典案例了。

我点了经典的2号套餐——芝士汉堡套餐（芝士汉堡，薯条，无限续杯的饮料），排在了堂食的28号，接下来就只能找空地等待了。叫号员热情地喊道："打包93号，堂食9号……"这是前面还有二十个人的节奏呀，而且还不包括打包的。不过没关系，点餐的时候工作人员就会给顾客一个空纸杯，可以先去喝饮料。其实他们的工作效率还是很高的，我等了不到十分钟就拿到我的餐盘了。

终于可以放开享用啦，外观上跟汉堡王极其相似，咬下一口，wow！这口感，真的是比我吃过的任何牛肉汉堡都juicy（鲜嫩多汁）一百万倍，果然名不虚传。In-N-Out 在1948年就开了第一家店，现在在全球已经开了近三百家分店。原来这个企业是有文化底蕴的呀，而且它的周边商品也做得很齐全，包括T恤（每一年都有特定的主题T恤）、水杯、文具和食玩等。所以说要做好一家快餐店不容易，要将它发展成一个国际企业更是需要长达数十年的努力和积淀。

冲动的惩罚

今天我去了美国比较经典的购物广场，叫作南海岸广场（South Coast Plaza），感觉像是中国几个购物中心连在一起的建筑群体，包括了Macy's、Nordstrom、Bloomingdale's等多家百货公司，在这里可以买到很多打折的名牌。这些百货公司都有自己的官网，你可以在实体店试好需要的款式和尺码，然后在网上一次性购买，有时折扣会比实体店更大。

经过几个小时的闲逛，我燃起了购物的欲望，回到住处后开始了网购之旅。都说冲动是魔鬼，在我购买了一款二十八寸的旅行箱后，紧接着网页弹出了一个问卷调查，做完这个问卷会有100美元的优惠券赠送，何乐而不为呢？而且百货官网链接出去的网站都很少有蒙人的。在我做完问卷后显示了杂志的优惠券，可以每本2美元的价格挑选四本杂志，当我看到《财富》

《彭博商业周刊》《国家地理》等杂志后顿时激动了，于是开心且得意地挑选着自己心仪的杂志，选好四本杂志后，网页又弹出了新的优惠，可以再选三本杂志。我心想着反正这么划算就继续选吧，这么高质量的杂志也很值得收藏。等我确认完订单，查看邮箱的确认邮件，可把我吓坏了——最后确认的价格要比我预想的高出十倍，要知道美国的纸制印刷品是很昂贵的。

我仔细看了订单，原来问题出在后续的三本杂志上，基本上都是以30至50美元的高价订阅。回想刚才订购的过程，并没有提醒我价格是多少呀，这不是欺骗消费者吗？怎么能在我确认订单后才发封邮件来告知订购价格呢？原来美国也有这样的坑事……于是我开始了漫长的退订之旅。首先要查找自己的订单，由于系统反应缓慢，我花了半小时才找到。随后选择取消后三本杂志的订单，系统提示："这已经是优惠价了，真的要取消吗？"当然要取消！"我们可以免费提供试读本，真的不需要尝试吗？"谢谢，不必了！之前购买只要点击一次就成功，怎么退订就这么困难呢？经过一个小时的折腾，终于收到取消订阅的确认函。还好美国的退货是受法律保护的，所以一般商家都不会刻意刁难消费者。通过这次网购我得到了深刻的教训，冲动是魔鬼，消费者怎么也精明不过商家，以后再也不敢看到优惠就往前冲了，要理智理智再理智！

美国商店的打折之道

常常听到有人说美国东西便宜，打折的时候更是不得了，其实这话呢有真有假。如果你拿着中国的收入到美国来长期生活，那肯定是不便宜的；但如果你只是来短期旅游，在奥特莱斯买些打折名牌回去送人，那肯定觉得美国物价真低。

在这里生活了半个月，去了无数大大小小的商铺、超市，我也掌握了一些在这里过得有声有色的门道。

对于大型购物中心，一定要等感恩节、圣诞节、年度庆典等打折时期，带着打印好的优惠券去。另外，像Macy's、Nordstrom等大型的商场都有官网，同时也推出自己的信用卡（我在中国是没见过这种营销模式的，而且它还免年费，至今未弄清楚商家为什么要这么做，肯定要有收益渠道商家才会做这种事的），用他们的信用卡付款有5%—10%不等的返现，非常划算。

至于奥特莱斯等折扣店，全年都在打折，但其实这里商品的进货渠道跟其他商场不同，很多是尾货，所以要想淘到好东西一定要有耐心，还要运气（不过中国人来了这里，总要抢购一番，不管怎么说都是名牌嘛）。

还有满足日常生活需要的各大超市，也是定期做促销，但大家一定要办他们的会员卡（基本只要填了基本的个人信息就可以申请到），用了会员卡才能享受折扣，而且折扣力度很大。

另外，amazon（亚马逊）、eBay（易贝）等每天也会有很多的打折信息。比如亚马逊针对高校学生提供为期六个月的首要会员资格，包括免运费优惠（美国的运费非常高，即使一磅之内快递也是4美元起步）和提供免费的电子书等。

欧文的社区生活

欧文有一个很厉害的房地产公司，叫作欧文公司，它几乎垄断了欧文市所有的出租屋，旗下房屋只租不卖，因此将租金抬得极高。不过它的配套设施做得相当完善（后来我才了解到欧文市是欧文公司的私人领地，无论是出租屋，还是土地，都归欧文家族所有）。

以我住的Parkwest为例，社区里基本上都是两层小楼，四户一栋的联排别墅模式，分片区管理，每片区大概四十栋约一百六十套公寓，片区中央是游泳池和SPA池，四个角有两个角是垃圾房（呈对角摆放），另外两个角是洗衣房和邮箱，像个大型的北京四合院。每个片区有一位清洁工负责每天打扫公共卫生，处理垃圾的公司则每个星期五来收垃圾。

在整个大的社区里，设置了公共的健身房、游泳池、网球场、篮球场等，以及幼儿园、打印室、会议室、自

习室等，基础设施非常完善。小区绿化带有自动喷灌系统定时定量浇水，定期还有绿化工人前来维护绿化。每周六晚是社区的电影日，多媒体室会免费播放一部电影（当然是老电影）供居民欣赏。

社区的附近一般都有大型的超市、加油站、药店等，满足居民的基本生活需要。很幸运我们的社区旁边是个大型的高尔夫球场，所以生态环境就更好了，蔚蓝的天空、清新的空气、盛开的鲜花、盘旋的海鸥就是日常生活的写照。

美国的交通规则

所谓“吃一堑，长一智”，破坏了交通法规的我要好好反省下自己的行为。按理说美国跟中国的交通法规应该是一样的，车辆靠右，行人靠右，但实际上美国的交通规则比中国要复杂得多。

一般的马路上会有三条道路，一条是机动车道，一条是自行车道，还有一条是人行道，每一个“族群”要严格在自己的道上行驶。行人在过马路的时候，一定要走人行横道，随便过大马路是犯法的。在美国，一般人行道旁都有一个装置，过马路前要按一下，机器会发出“wait”（等待）的声音，一定要等到指示灯由红色变成闪动的状态才可以通过。如果在一些没有装置和指示灯的小街道路口，车辆是会减速的，如果有行人，车辆也一定是让行人先过，大家如果能互相举手示意一下表示感谢就更和谐了。同样，自行车也一定要让行人。

再说说我“犯法”的事情吧。在美国，骑自行车一定要遵守法规。出发前一定要戴上头盔，不戴头盔被抓到罚款200美元。正常情况下都要在自行车道上行驶，如果技术实在是不纯熟（自行车基本都是山地自行车款，小朋友骑的也是），可以偶尔在人行道上慢速行驶。过十字路口直行或者右转弯跟机动车的规矩一样，可是你要是左转弯就不同了，记得不要跟着机动车绕一个大大的弧线，你得以过两次马路的方式选择左转弯，先等直行道变绿灯过到马路对面，再在那边等绿灯再过马路。最后，一定不要逆行！靠右边的车道行驶是最基本的规定，我就是在进入小区的小道上选择了左边的道路，结果好多机动车都放慢了速度，我想他们一定是被我吓到了。其中一辆车直接停下摇下车窗：“这是违法的。下不为例，好不好？”我只能囧囧地回答：“好的，对不起！”还好这次没有造成什么事故，不然追悔莫及。庆幸不是警察叔叔发现我，否则且不说要罚款，说不定严重的还要拘留……总之，在美国一定一定要懂规矩、守规矩，做一个高素质的“外国人”！

Costco加油站

在美国大多数加油站都是自助式的，而且几乎人人都会开车，所以基本上每个人也都是加油能手。我们这次选择加油的地方很特别——Costco（好市多）加

油站。远远地我就看见加油站门口排起了队伍，为什么此处生意会如此兴隆呢？聪明的你一定猜到是因为这里的油价便宜。在美国，加油站是允许私人经营的，而且绝大多数的加油站都是私营的，可以根据市场变化自由定价，这就是“市场经济”的好处。Costco加油站跟Costco超市是同一家公司，而且是一家上市公司。但是在他们的加油站加油有个条件，就是你必须是他们家的会员，并且用他们家推出的信用卡或者储蓄卡消费，只有在自助加油机上插入他们家的卡，机子才允许你加油。此时的油价是2.259美元每加仑（一加仑等于3.785 411 8公升），相比国内的确是物美价廉了。所以开车来Costco加油、采购生活用品、饱餐一顿，是众多欧文居民的周末必备生活，幸福指数因Costco更上一层楼。

星巴克

作为一名咖啡爱好者，我得说句公道话，虽然星巴克的咖啡不是特别好喝，但是它的企业文化、产品设计，特别是它所营造的咖啡香气四溢的环境，实在是讨人喜欢。一走进星巴克，我就有一种惬意的感觉，真想在自己家里也装修一间类似于这样的咖啡吧。在这里，既适合朋友聚会、商务会谈，也适合“喜欢活在自己的世界里”的人独自看书、上网，每个人都很轻松自在地享受着自己的快乐时光。比如我现在就独自品尝着香草拿铁写着这篇小短文。

在美国，星巴克是连锁咖啡店的代表品牌，而且每一家店都常常客满，也许跟它亲民的价格也有关。当然它也推出自己的会员卡，但跟中国不同的是，你不用花费88元去买这张会员卡，不过自然你也不会获得随卡附带的“买一赠一券”“升杯券”等，两国的营销方式不同罢了。你可以选择买一张最低为5美元的礼品卡，激活它，顺利注册后你就成为会员了，今后可以直接充值进行消费。我之前充值了15美元，它便送了我一张免费饮用的电子优惠券，你带着自己的优惠券去任何一家星巴克的店面，他们都会热情服务的。

不会开车的“悲惨人生”

今天由于被迫需离开公寓四小时，我开始计划我的购物之旅，去Costco超市购买一些美国特产。我事先做好了购物攻略，包括找朋友借会员卡、规划骑行路线、列好购物清单等，所以很轻松顺利地抵达目的地，开始了愉快的购物。我在里面整整逛了两个小时，想买的东西也都买到了，本想带着战利品回家，今天的购物之旅就圆满了。可惜天不遂人愿，悲惨才刚刚开始。

结账的时候由于是朋友的会员卡，本来是不可以由我单独使用的，需要朋友也在，好在这次收银员为我破例了。紧接着他给我准备了两个小箱子，呃……这不对呀，不是每个超市都有购物袋的吗？！可是这里就是如此任性地只提供箱子，因为一般是不会有人不开车来这里购物的！结果我今天就成了这个特例。

我悲催地推着两个箱子走出超市，将一箱物品塞进了书包。可是还有一箱该怎么办呢？我边想边瞎晃悠，结果我的推车不小心撞到了一位大妈！实践经验告诉我们世界上最不好惹的人种就是“大妈”，她恶狠狠地瞪了我好几眼，还没好气地骂了句脏话，我只能连忙说对不起。谁让我没看好路呢……

已经到正午了，我伫立了有十分钟，还是没想到办法，打电话求助又觉得太麻烦别人。关键是要找到袋子。这时我看到不远处一个整理推车的工作人员，身上别着一摞塑料袋！我立刻把那箱“累赘”甩在一边飞奔过去，向他诉说了我的悲催经历，并向他求助要塑料袋。他一口就答应了，还豪爽地给了我四个袋子。真的有种守得云开见月明的感觉，我连声对他说感谢：“You really saved my life!”（真是多亏了你啊！）劳动人民最光荣最伟大啊！

我赶紧整理打包好所有东西，将它们挂上自行车，身上背着沉重的书包骑回家，可是回家的路怎么就比来的时候长了这么多呢！要是我会开车该有多好呀，就不用骑这么远的路，不用拎这么重的东西，不觉心头涌出“两行清泪”……值得庆幸的是今天比较阴凉，还不至于顶着烈日。就当是锻炼身体，磨砺人生啦，我这么安慰自己。最后奉劝广大想要留美和移民美国的同胞们，如果不会开车就不要来啦！

情人节烧烤聚餐

终于迎来了美国一个重要的节日——情人节，而且节日氛围相当浓厚。超市的货架上摆满了巧克力、玫瑰花，情侣们成双成对地逛街、郊游，很是浪漫。好在今天是周六，阿姨举办了一个大型的烧烤派对，孤身在美国的我也不觉得孤单啦！

烧烤要做好相当多的准备工作，包括提前两周预订公园里的烧烤位（如果没有预订也没关系，因为美国人少，空位子很多），准备烧烤原料、调料、炭火、一次性餐具，而且肉类食物都要提前一天腌制好，还有饮料、水、冰块等（美国的公园是不允许喝酒的，所以不可以带酒水）。如果想增加些菜色，还可以准备些主食。我们这次就做了年糕、烤红薯、糯玉米、沙拉带过去，也可以解腻。聚会中还有很多小朋友，带些玩具也能增加些乐趣。这里的公园一般都有儿童游乐设施，包括滑

梯、秋千、沙堆等。

美国的公园跟中国真心不同，环境好、人少、干净、设施完善，而且每个社区都有公园配套。真希望在中国有一天也可以过上这样简单而惬意的周末。我们挑了个阴凉的位置，做好准备工作，就开始生火了。在熊熊的炭火上，牛排和鸡翅发出“嗞嗞”的声响，肉香伴着烟熏的味道四散开来，吸引了不少“围观民众”，看来中式烤肉还是很有吸引力的。足足有三磅肉等着上烤架，好在大家对“烧烤”这个技术活儿都很有兴致，轮流上阵操刀，不知不觉在欢声笑语中搞定了这项体力活儿。聚餐持续到下午四点，酒足饭饱后还剩下大量的食物，大家只能“连吃带拿”了。这样晚饭都不用担心了。其实情人节跟大家一起过也是很欢乐的嘛。

Uber体验日志

Uber（优步）类似于中国的滴滴打车软件，2009年创于美国旧金山。使用过滴滴打车的人都知道，这种打车模式是通过移动应用程序来预约出租车，还可以追踪搭车人和出租车的位置。作为打车软件的始祖，Uber还是有很多优势的。我目前使用过三次，两次是自己单独使用，一次是和朋友一起，而且这三次都是免费的。下面我就来介绍介绍我的免费打车经验吧。作为初次使用者，一定要让已经安装了Uber的朋友发送邀请链接给你，这样你在手机上安装Uber后就会自动获得20美元的首次免费打车券。然后绑定自己的手机号和银行卡，方便与司机联系和从银行卡账户直接扣款。

我第一次使用是在旧金山机场预约的车辆（记住一定要有网络才能使用），之前没用过还有点小忐忑。打开界面后它会显示我所在地点的地图，地图上有一些密密麻麻的车辆图标，那些就是Uber的司机啦。界面下方有五种不同的车型可以选择，最便宜的是只允许一两个人乘坐的UberX，继续往高的级别有UberXL、Uber Plus、Black Car和SUV（UberX比普通的出租车要便宜一些）。接着你就可以设置接车的地点以及目的地，确认订单后发送。安装了Uber的司机都会收到订单通知，第一个接单的人就是要来接你的司机啦。不到五秒钟，就有一个叫迈克的司机接受了我的订单，手机界面上立刻显示了他的照片、电话、车型和车牌号。又过了一会儿接到他的电话，他跟我确认了下我的位置就来接我了。这样既省去了我排队等出租车的时间，而且安全可靠，因为所有订单和路线都是网络监控的。第二次使用Uber是将我的邀请链接发给了朋友，他安装Uber后也收到了20美元的首次免费打车券，刚好够我们再次打车去机场。同时，因为朋友是因为我的邀请使用了该软件，所以Uber又奖励了我20美元的打车券，这就造就了我接下来的第三次与众不同的打车经历。

之所以说第三次打车经历与众不同，是因为我享受到了Uber Plus的高级待遇。抵达欧文机场后，由于我的手机是没有网络的，而且这里的WiFi只可以查看机场内的信息，本来我以为无法使用Uber了，可没想到这里的WiFi居然为Uber软件破例了，可见Uber的影响力有多大。不过这是个小机场，周围的Uber只有Plus至SUV级别可选（如果车辆特别少时，会实施加成计费，只要顾客愿意接受就行），眼看着距离我十分钟车程内的只有三辆Uber Plus，好在幸运之神眷顾我，很快就有一辆Plus接受了我的订单。因为我不确定自己所处位置的具体地名，于是选择了“地图上自动识别的位置”，所以司机还是可以凭借着GPS找到我。我还能观测到这辆车具体开到哪儿了。司机花了大概五分钟开到了我的面前，居然是一辆擦得油光锃亮的克莱斯勒300，紧接着一位穿着西装背心系着领结的五六十岁的中年大叔非常绅士地下了车。这气质绝不亚于英国管家呀！确认我的身份后，他拿起我的行李小心地放进后备箱，接着拉开后座的车门，请我上车，还用另一只手放在车门上方以防我撞着头。我从小到大也没受过这种礼遇呀，路边的行人也都看呆了，肯定以为我是什么千金大小姐吧。其实这都得益于Uber的超值服务呀！照顾好我上车后，他也回到司机位，戴上了他的工作手套，准备出发，并亲切地对我说了句:“欢迎回家！”天哪！连我住欧文你都能猜到，我还没反应过来，他又热情地问道:“旅游玩得怎么样？”我说我去了趟旧金山，感觉更爱欧文了。他也感叹道欧文比许多城市真是好太多了。安全地送我抵达目的地后，我准备下车，可是发现车门打不开，前方飘来一个声音:“我来吧。”好吧，实在是盛情难却，只好坐在位子上等他为我开车门，扶我下车，帮我拿行李了。虽然Uber Plus比一般的出租车要贵一倍，不过这样的服务还是太值得点赞了。

最后还是要感叹下美国人做企业，有想法有创意有技术。当然Uber也面临着很多的负面问题，比如司机抗议公司抽成高、面临非法营运车辆的指控等。不过我还是很看好这家公司的，最初一个简单的想法吸引了那么多投资人注资，现在甚至动摇了传统计程车和租车行业的基础，改变着人们的出行方式。

买酒记

第一次在美国接触到酒是在春假聚会上，朋友用威士忌混合冰红茶再加上冰块和几片橙子，制作出冰爽可口的鸡尾酒，于是我萌生出自己也得去买瓶好酒尝尝的想法。

超市货架上琳琅满目的各色美酒，真是让人挑花了眼，威士忌、葡萄酒、香槟酒、啤酒、伏特加……我最终选择了一瓶来自加州纳帕谷（Napa Valley）的白葡萄酒。加州盛产葡萄酒，这里温暖的早春和和煦的夏日为葡萄的生长创造了近乎完美的气候条件，其中纳帕谷产区的葡萄酒更是久负盛名，其知名度相当于中国的茅台、法国的波尔多。

我兴致勃勃地拎着美酒去结账，结果营业员问我有没有带驾照，难道买酒还要驾照？我说我没有驾照，他解释说其他身份证明比如护照也可以的，可是我连护照也没有带，他很遗憾地表示不能把酒卖给我了。我只能满腹疑惑、垂头丧气地离开了。

后来我才知道原来在美国购买任何含酒精的饮料，都需要提供身份证明，以检查顾客的年龄是否满了二十一岁。美国的法律规定，未满二十一岁购买或者饮用酒精饮料都是非法的。如果商家卖给二十一岁以下的顾客酒精饮料，一旦被查出，很可能会被吊销营业执照。美国关于酒类的法律规定非常严苛。比如在肯塔基州，如果带了任何酒精饮料，哪怕是啤酒，给朋友作为礼物，将被判监禁五年，如果将多买的酒精饮料出售给其他人，也是一种犯罪行为。但是这都不能阻挡我一品美酒的欲望，所以背着包我就立刻赶回去拿护照了。虽然历经“千难万险”，我还是买到了这瓶珍贵的白葡萄酒。

在叫醒沉睡的美酒后，我吮吸第一口，脑海中浮现了这样的画面：薄雾笼罩下的葡萄园缓缓苏醒，清晨的第一缕阳光洒在一串串的青葡萄上，凝结在葡萄上的露珠闪着光芒……口中的佳酿就如这幅景象般清新醉人，浓郁的果香令人心旷神怡。

亚马逊售后服务体验

亚马逊公司目前是全球最大的互联网线上零售商之一，与中国的天猫同属于B2C电子商务模式，而普通的淘宝店属于C2C电子商务模式。我在美国买东西用得最多的就是亚马逊了。它与天猫的用户体验类似，网站的商品种类多元化，查找方便，订单及配送信息明晰。不过让我感受最真切的是它优质的售后服务。

先说说它的快递服务，或许因为我是亚马逊的首要会员，所以享受着美国境内两天内送达且免邮费服务。不过要实现如此高效且准确的投递工作实属不易，这主要归功于可靠的合作方——快递公司（UPS，USPS等）。

亚马逊网站提供了网站内所有商品厂家的服务电话，以便顾客想进一步了解商品的性能或者遇到质量问题时联系厂家。如有必要，还可以进行退换货。我和老公都有过这样的经历，也正是这样的经历加深了我们对亚马逊的信赖。

老公早些年还在波兰留学的时候，从亚马逊上购买了一套日本的模型玩具，货品是由日本厂家直接发出的。他收到玩具时并没有发现任何问题，几天后在组装时发现一个零件的钻孔没有穿透，导致组装受阻，于是他计划自己用小剪刀、小起子等工具进行钻孔。可是这种精密的工作哪那么容易手动完成，果然，那个零件被他折腾坏了。此时不得不联系亚马逊售后啦，他将情况以邮件方式如实告知服务人员，通过与厂商进行沟通，他们当天就给出了最后的解决方案：老公将破损商品寄回，厂家再重新发送一套新的模型给他，所有的国际邮费均由卖方承担。当时他寄回的国际邮资是50兹罗提（波兰货币，与人民币的比价大约为1∶2），但是为了补偿顾客的精神损失，最后他收到了价值100兹罗提的邮费补偿。

我的售后体验发生在美国。我购买了一套拼装式玩具建筑物（我和老公都是童心未泯的人呀），一拆开包装就发现有一部分破损了，为了表达我的“愤怒”，立刻发邮件给亚马逊售后人员，表示对此次购物感到非常失望，希望他们能够解决问题，而且告知他们我可以提供商品的破损照片。不到一个小时，我就收到了售后的回复，这名售后人员先是代表他们整个团队表示了歉意，然后说他们已经重新寄给我一个完整的、崭新的商品，连订单号都一并发送过来了，也不需要我将旧的商品寄回了，让我自行处置。这一切发生得太迅速了，而且他们凭一封邮件就相信了我，这是一个怎样诚信的社会！他们的诚意深深打动了我，面对如此优质的售后，在此向他们表示衷心的感谢！

漫长的手机充值之旅

距离1月1日我在AT&T营业厅买电话号及充值已经有三个月整了，即使账户里还有3美元也即将作废，所以我按照当时工作人员告诉我的方法——网上进行续费充值，这样比较简便，也不用顶着大太阳跑去营业厅了。可是接下来我就发现这个方法完全不简便，还不如直接冲去营业厅了。

首先，要在AT&T的网站上注册预付费账号（因为我的号码是预付费性质的）。注册成功后，登录自己的账户后选择充值。一种是你已经买了充值卡，输入充值码；另一种是用储蓄卡或者信用卡直接充值。我选择了后者，准备用新申请的Discover信用卡直接充值。填写个人及卡号信息的过程都很顺利，最后一步点击确认订单后，页面出现“Error”（出错）字样，原来这只是充值的第一步，接下来AT&T公司将派专员在六十分钟内跟进我的订单，如果想加快进度的话就打他们的客服电话。也不知他要如何跟进，我心想也许跟国内一样，说不定一小时后它就自动通知我充值成功了，还为自己的“机智”窃喜了一番。

结果，半小时后突然收到一个来自俄勒冈州波特兰的电话，奇怪，一般不会有陌生电话打进来的，或许是AT&T公司的客服专员。果真不出我所料，接起电话纯正的美音响起了，一上来就告知是来跟我确认充值订单的，他叫戴维，先确认我的电话号码、姓名、住址、所在城市及州，还要设置安全问题及答案……足足问了我四分钟之久，心想差不多了吧，紧接着的一句话立刻给我浇了盆冷水：“接下来我们要跟Discover连线，确认您的信息是否准确，请您保持在线。”嗯……美国人做事还能不能再谨慎一点……我只好说OK，听着电话那头接通Discover的音乐响起，又等了将近两分钟，连线成功，于是开始了三方同时通话。

戴维开始向Discover的客户经理说明电话来意，于是开始了漫长的确认信息过程，确认完基本的姓名、住址、银行卡号等信息后，涉及社会安全号及生日等更私人的信息，Discover的客户经理解释说这需要主管的权限了，所以电话需转接至主管处。啊！我忍……就当了解银行工作的一般运作过程吧，还好银行内部电话转接很迅速，没让我们等太久。

戴维又向Discover的主管叙述了一遍电话来意，以进一步确认我的信息，于是我和主管开始确认我的身份、生日、社会安全号的后四位数字，主管告知戴维我的所有信息都正确后，跟Discover的交涉过程算完结了。终于恢复至与戴维的双方通话，感觉像是从“群聊”转换成“私聊”了。他告知我充值基本完成了。什么？！基本完成，难道还要再接通谁的电话确认什么吗？嘴上还是要保持平静地说OK。“下面请您记住此次的充值订单号，作为备用，AM2×××××，充值成功。”

谢天谢地，终于完成了“艰巨”的充值任务，欣慰地挂断电话后，我看看手机屏幕上显示着“18:48”，一个充值电话打了将近二十分钟！不得不感叹老美做事的严谨和按部就班，因为我确实没有本人拿着自己的手机和信用卡出现在营业厅，为了确认我的身份和信息就只能用这种“繁琐”但“周密”的方法啦。虽然美国人的诚信度普遍较高，但金融犯罪等现象还是偶尔会出现的，所以即使只是充值25美元这种小事他们也愿意花上二十分钟的时间跟客户一而再，再而三地确认，保证每笔交易的准确无误。

Milo的幸福生活

Milo（米洛）是阿姨家养的一只可爱无敌的西施犬，白褐相间的波浪式长毛披身，下垂至下巴的柔软的褐色大耳朵，水汪汪无辜的圆溜溜大眼睛，长而翘的睫毛不停地忽闪忽闪，绝对是当之无愧的萌宠！口说无凭，还是上图吧。

阿姨在宠物店买Milo的初衷是为了陪伴自己小儿子维克多，因为他哥哥已经工作了，维克多一个孩子在家难免孤独，Milo的陪伴的确对他的成长有很大的帮助。看到他为Milo准备食物、清理排泄物、陪Milo玩耍，就会发现孩子在跟狗狗的相处过程中成长得更快了，更懂得照顾别人，生活中增添了不少乐趣。

不过养这样一只纯种狗是项技术活，切实让你体会到“养狗跟养孩子是一样的”道理。刚把Milo接回家的时候才两个月大，在它四个月大之前要打三次预防针，而且这期间不可以出家门，因为这个期间它的身体还很脆弱，很容易感染病菌。每天要喂食三次狗粮正餐，还要适当地奖励零食，比如它在正确的地方尿尿、便便，学会了坐、躺、翻滚、跳跃等动作，就可以给它一些奖励，这对训练它有很大的帮助。要经常陪它玩耍，不然它会很容易患上抑郁症，为此阿姨给它买了一地的玩具。晚上要安排好它在自己的“窝里”休息，一大早又要放它出来，喂食、哄它排泄、擦屁股……跟照顾小婴儿一样的。每周帮它洗一次澡，定期带它去修剪指甲、整理毛发。生病了要带它去看医生，打针

吃药……其实狗狗最需要的就是主人的陪伴，它的很多行为都是为了讨主人的欢心，有时哪怕是“捣乱”也是为了引起主人的关注。

Milo四个月大的时候我们带它去宠物店剪毛，很少出门的它显得异常兴奋，一上车就激动地趴在窗户上看。我们去的这家店叫Pets Smart，是宠物的一站式服务商店，覆盖面积相当于一个大型的卖场，业务范围相当广泛，包括经营宠物本身、宠物衣食住行的方方面面、宠物美容院、宠物医院、宠物训练、宠物“托儿所”、宠物旅馆等。Milo即将接受美容师为它服务，从洗澡、剪毛到剪指甲，总共需要四小时的时间。剪毛的工作是对外展示的，主人可以站在橱窗外看到美容师为自己的宠物修剪毛发。总共有四间宠物医生诊疗室，可给不同种类的动物看病。狗狗“托儿所”分两间，一间供大型犬玩耍，另一间给小型犬。“托儿所”和“旅馆”联合经营，一般日托是22美元，过夜的话就是33美元，对于需要外出的主人，这项服务确实很贴心。如果主人没有时间或者实在不会训练自己的宠物，这里还有专门的训练师可以提供帮助。现在国内养宠物的人也不少，不过可提供全方位一站式服务的宠物店就比较少了，希望这些可以给大家一些启发。

剪完毛的Milo瘦了一大圈，不过还是萌萌哒。看它愉快地抖毛的样子，我猜它的幸福感应该是很强的。人与动物和谐共存，在动物给我们带来欢乐的同时，我们也承担更多的责任去保护它们。

报　税

这几天美国人民迎来了一年一度的报税活动，每年的4月15日（如果是假日，则顺延至下一工作日）是报税的截止日期，所以不论有多忙，大家都要抽出时间来完成报税这项“繁琐”又“光荣”的任务。在美国，如果被查出偷税漏税的行为，其后果可严重至倾家荡产甚至是牢狱之灾，所以美国的个税申报率在全世界都是名列前茅的，而且美国联邦政府的最大财政收入来源就是个人所得税。

美国的联邦、州、地方三级政府根据权责划分，实行彻底的分税制。美国人民需缴纳的有联邦税、州税、社会保险税和医疗服务税。美国税收采取的是预扣申报制度，个人上一年度的工资会按月预扣一定比例的税款，报税的时候每个人按照报税单的项目再计算出自己应交的总税额（包括工资、投资收益、遗产及其他所得都需要报税）和已经缴纳的总税额，美国国税局在审查后根据实际情况进行多退少补。所以报税并不意味着缴税，有一部分人会被退税的。根据个人情况的不同，很多开销是可以抵扣的，比如捐款、家庭成员大学学杂费用、自付医疗费用、住房贷款利息等。所以报税是个脑力活儿，虽然不可以偷税漏税，但是合法避税是允许的，这也为会计师带来了不少工作收入。

另外，以家庭为单位报税要比以个人为单位报税的税率优惠许多，这也是同性恋者要求婚姻合法化的一个重要原因。每个州的税制也不同，比如佛罗里达、华盛顿等州不征收个人所得税。

美国的税收体制在世界范围内是属于比较先进的，其税种设置经过数百年的改革，几乎覆盖社会各个方面，已经相对完善，从很多细微的地方都能看出来，比如去任何地方购物，收银员给的小票上都会印有商品的价格和税款。美国的报税虽然复杂，不过他们在IRS（美国国内税务局）网站上提供了详细的报税指导，各项规章细则都有详细说明，所以几乎人人都懂税制。

美国人爱说“假话”

一来到美国，就听到朋友提醒自己：“美国人对你好都是表面的，虚伪得很！”“美国人可爱夸人了，可是千万别当真，他们不是真心的！”……这些话听多了自己难免也会长个心，对老美的夸奖只听一半。可是真的是如此吗？我来谈谈自己的感受吧，其实我觉得国人之所以会这样想，本质上是因为两国文化的差异。

首先，两国的民族特性差异非常大，中国人一般是比较“含蓄”的，而老美往往是比较“热情奔放”的。在美国，走在路上被陌生人夸赞的概率非常高，从衣服、鞋子，到妆容、气色，没有不能夸的点。路上遇到比较熟悉的朋友，不分性别又是拥抱又是亲吻，聊天的音调也立刻高一个八度。今晚我在SPA池遇到几个年龄相仿的青年，她们开口跟我说的第一句话竟然是“来杯啤酒吗？”“不需要了，谢谢！”……所以“美国式赞扬”

是他们与生俱来的民族特性导致的，而非“虚伪”。多听听这些热情的赞美，礼尚往来，也回敬些赞美，大家心情都愉悦了，何乐而不为呢？

再者，国人很不能理解的一点是在子女的教育问题上，美国老师特别爱夸孩子，而且是夸到天上的那种。“他简直是个天才，太聪明了，是班里非常优秀的学生！”“你看她画的画，她将来一定会成为艺术家，太有创造力了！”“他非常的成熟、独立，而且善于思考，具有领袖气质。”……这些听着夸张的赞美之词在美国人眼里是司空见惯的。老师善于发现孩子身上的闪光点，非常注重个体的差异化多元化发展，然而中国人往往比较的是孩子的成绩，而且都是跟最好的比，很怕自己的孩子出格、不够“中庸”。难怪大家常说“中国的竞争压力大”，其实我们所谓的竞争压力又何尝不是我们自己“比”出来的呢？

不过，一旦遇到原则性的问题，老美还是会收起那“热情的微笑”，二话不说地“批评”你的，比如：不及格就是不及格，哪怕是59.5分，请重修或补考；工作不够认真努力，如果是能力不行就请走人吧……

所以面对美国人的“赞美”，每个人都有权利选择自己的接受方式。我的选择是欣然地接受并大大方方地回敬，你呢？

在欧文搭公交车

美国作为发达国家，可是它的公交系统我实在是不敢恭维，或许就是因为它太发达，私家车的使用率太高，所以公交车的发展也就被忽略了，反过来促使人们更不愿意乘坐公交车。今天就以欧文的公交系统作为典型性代表进行介绍。

第一，公交线路少，整个欧文市只有一家公交车运营商，总共就十三条公交线路经过欧文。第二，发车次数少，大部分公交工作日是半小时至一小时一趟，周末发车频率更低，早上一般七点开工，天还没黑就收工，每趟车严格按照时间表发车、停靠站点。第三，票价高，只要一上车，至少两美元起（就连UCI自己经营的校车也是两美元一趟）。第四，线路标识极不明显，车站的站牌只有该站的名字以及经过的公交线路号码，任何有关该线路站点、时间表的信息都没有（我记得在旧金山搭公交时也是这样，不过旧金山的站牌上还有一个电话号码和这个站牌的编号，供乘客拨打电话查询下趟车抵达的时间），真的很不方便，有时坐反了方向都不知道。所以在美国坐公交一定要下载好公交的时间表，并用Google地图做好详细的准备工作，而且即使做好了万全的准备工作，有时也赶不上公交时间表和线路的临时变化。要知道美国的公交车时间表是极不靠谱的，一个人孤零零的在大街上等上个把小时的情景也是时有发生的……在中国享受惯了方便又实惠的公交系统，实在是不适应美帝国主义如此“坑人”的公交。

不过美国的公交车还是有些可取之处的。比如，美国公交非常照顾残疾人和老人，在前门安装了一个升降装置，当行动不便的乘客乘坐轮椅需要搭公交时，司机会将该升降板调节至与地面齐平，等轮椅行至升降板上后，再升起升降板，这样行动不便的乘客也可以不费吹灰之力上公交了。上车后，司机会协助该乘客至“残疾人专用座”，这是一片专门的空地，还有固定轮椅的安全带。再比如乘客需要下车时，只需摇晃窗边的拉绳（这条拉绳分布于公交车的车窗中部位置，并覆盖到每个座位），司机就知道下一站有人要下车了。美国公交车还有个非常人性化的设计——自行车架，因为这里爱骑行的人非常多，如果推着自行车需要搭公车时，只要将自行车放置在车尾部的一个自行车架上就可以了，丝毫不占车内空间。还有一点，也是我觉得最值得我们学习的一点，就是司机与乘客之间的友善相处。上车时与司机相互点头微笑，下车时会对司机说句“Thank you!”（谢谢！）“Have a nice day!”（祝您愉快！）等感谢的话，司机也会热情地回应。这种习惯让人感觉很温暖、很和谐！

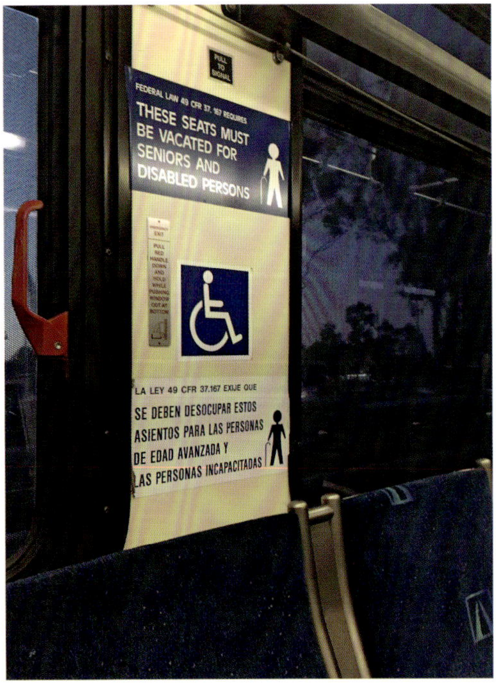

中美家长教育孩子的差异

所谓无巧不成书，今日竟与老公在世界两个不同的地点不约而同地对家长教育孩子的问题发表了一番感叹。故事中一个是中国上海的家庭，一个是美国欧文的家庭，个中异同大家自己去体会吧。

我们先将镜头对准上海的家庭。几家相识的老友在饭店聚餐，作为这种普遍的三世同堂家庭里的第三代“传人”，自然被大家视为掌中宝。小男孩今天不知怎么的心情不好，不停地闹情绪，又哭又闹还摔杯子，爷爷、奶奶、爸爸、妈妈齐出动，对他又劝又哄。直到一个漂亮服务员出现后，这个小家伙立刻就被吸引了，瞬间安静了，盯着人家服务员看。接下来妈妈哄他吃饭的时候只好利用美女姐姐了：不好好吃饭美女姐姐就不喜欢了，吃饭才能长高，美女姐姐喜欢高个子的小帅哥……在连番的哄骗下他才吃了一些，之后又满场疯跑，简直是一个“小皇帝”。小男孩也无疑成了全场的焦点，饭局的话题就围绕着小孩的成长展开了，幼儿园、小学、特长班、中学、补习、大学、找工作、买房子、娶媳妇……大家很开心地为孩子规划着锦绣前程，把孩子的前程当作自己的未来，事事为孩子操心，这就是典型的中国式家庭吧。

我们再将镜头转向欧文的家庭。我是在泳池边遇到这个“五口之家”的（父母，两个女儿，一只狗狗）。爸爸带着只有一岁多的小女儿在泳池边的台阶上玩耍，小女孩试探性地慢慢将半个身子浸入水中，很想学游泳的样子，还尝试着把头闷在水里练习憋气，探出水面后小嘴嘟着水花，甚是可爱。她的姐姐似乎就没那么享受了，她试探了下水温，觉得实在是太冷了，就不敢下水了，朋友们都劝她下来，适应一下就好了，劝了足足十分钟都没用，这时候爸爸抛出了一句话：“你想当懦夫吗？”小女孩惭愧地看着水面，为了鼓励她，老爸将小女儿先抱回了岸上，自己站在了水池边，对大女儿说：“你能行的！我先给你示范一下，好不好？”说完就自己纵身一跃，跳入了水中，溅起一大片水花，大女儿在爸爸的示范下受到了很大的鼓励，终于鼓起勇气，捏着鼻子，纵身跳入水中，看上去她还不会游泳的样子，真是佩服她的勇敢！当她在泳池里玩得忘乎所以，拍打着水面，水花快要溅到旁人时，她爸妈就对她喊“注意礼貌！”，提醒她不要干扰到其他人。她又赶紧给别人道歉，非常有教养。

虽然这只是两个个案，或许反映不了每个家庭教育孩子的情况，但以我自身的经历看，他们还是比较具有代表性的。这不仅仅是文化、环境的差异问题，也是时代的问题，想想我们的父辈跟我们这一代的差异也是很大的。可想要将自己的孩子教育得大方得体、尊重他人、独立自由、勇敢向上确实是件不容易的事情。

美国房价

以前就常常听到各种报道说美国房价比中国便宜，2008年金融危机后底特律宣布破产，“1美元的房子大甩卖”，“二十几万美元在美国可以买一栋很好的房子”……大肆宣传美国房价低，因而也出现了不少买房移民的中国人。其实美国的房价真的低吗？我觉得也不尽然。

房价的高低其实是比出来的，你不能用美国的平均价去跟北上广的房价比，美国纽约、旧金山、洛杉矶等大城市的房价也同样高得吓人，一套两室一厅的公寓估计也要130万美元，海滨城市纽波特的房子均价更是高达300万美元。就拿我自己所在的欧文来说，因为环境好，学区好，如今一套四、五居室的房子已经在100万美元以上了。如果租房就更能感受到房价之高，我跟人合租的两卧两卫户型房子大约是2 000美元一个月，朋友靠近UCI旁租的两卧两卫户型大约是2 600美元一个月，所以说美国的房价也不是那么低的，生活在这边也常常能听到老美抱怨他们的房屋危机。

其实这就是大城市的通病，那里机会多、就业多，所以大批年轻人奔赴大城市，但城市就这么大，房屋的供给远远赶不上需求。大都市的薪资水准也普遍较高，更是推高了房价、物价，尽管如此，仍挡不住大批人前往淘金。要化解大城市的房价困局可不是一朝一夕的事，如果真有人能解决这个问题估计也就可以评上诺贝尔经济学奖了。

再说回在美国买房、养房的事儿。购房者在交易时，需缴纳一次性的房产交易税、律师费、产权保险费、房屋估价费、房屋检查费和登记费等。后续每一年还要缴纳房产税、房屋保险费等。而且，购房之后不允许让房屋空置，否则业主会被要求缴纳手续费，雇用房地产管理公司管理。如果买房者在美国没有工作，则不能贷款，只能选择全款买房……总之，在美国买房、养房并不容易。

希望这篇小短文能给有移民美国打算的朋友一些帮助。曾听到过这样一句话：“美国是儿童的乐园，青年的战场，老年的坟墓。”如果是为了年纪还小的孩子，还是可以过来打拼一下的；如果是为了自己将来养老，其实国内的小城市也是不错的选择。

美国物价

比较中美物价就要同时使用中美的收入和物价作对比，这样对比才科学。在中国，我生活在广州，在美国，我生活在欧文，两个城市都算是在各自国土内生活水平、物价水平偏高的城市，具有可比性。

欧文家庭的平均年收入税前约为12万美元，广州家庭的平均年收入税前大约24万元，不考虑汇率因素和进口商品，我们来算笔账。

商　品	广州（元）	欧文（美元）
100平方米两居室（优质学区房）	400万	50万
鲜牛奶（1 L）	12.5	2.99
鸡蛋（12枚装）	15	3.99
猪肉（斤）	20—40	4—7
牛肉（斤）	30—50	3—7
土豆（斤）	1.5—3	0.69—1.29
黄瓜（斤）	2—4	0.69—1.69
蘑菇（斤）	5—7	2—5
香橙（斤）	1—3	0.49—1.29
方便面（包）	2—5	0.89—1.29
薯片（桶）	7—12	2.5—3.5
可口可乐（1.5 L）	4.5	0.99
汉堡王（套餐）	30—60	5.99—7.99
苹果电脑（低配）	6 999	899
Bose蓝牙小音响	1 880	199
公交车（次）	2	2
出租车（5 KM内）	18	15
汽油（1 L）	6—7	0.66—1
倩碧小黄油（125 ml）	268	26
耐克运动鞋（双）	400—1 200	35—100
电影票（张）	30—80	6—12
钟点工（小时）	20—30	20—40
普通剪发	20—40	20—40

这样算下来，欧文的住房和普通生活用品的物价的确比广州低，不过人工费用就相对高很多了。这时候大家就会想了：“为什么美国的物价那么便宜，美国人还存不了钱？”因为人家还有其他的生活成本呀，医疗保险、教育基金（美国名校的学费要6万到8万一年）、退休基金、各种税收（联邦税、加州税、社会安全税等）、房屋贷款占了大头，扣完这些费用，也剩不下多少收入了。而且老美似乎都很注重生活质量，再穷也要玩耍，登个山、出个海、滑个雪、喝个酒……一样都不能少，自然就成月光族了。所以，不要羡慕美国的物价低，其实各有各的活法，过得开心才重要！

Souplantation 自助餐

Souplantation连锁自助餐厅全名Souplantation & Sweet Tomatoes，主打包括沙拉、汤品、烘焙等健康食品、绿色概念，名字就是“汤”和“植物”的结合，1978年在圣地亚哥第一家分店开张，目前已经在全美十五个州开设了128家分店。平日里一到饭点，欧文这家Souplantation的客人就络绎不绝，还时常大排长龙，所以我们下午五点就早早地来了。

进门后不像一般的餐厅那样由服务员领进去，扑面而来的是一股清新的气息，眼前是摆设了西红柿、南瓜、大蒜、苹果等新鲜农产品的展示台，左侧摆放着餐盘、碗碟等，右侧的墙壁上书写着“Each day begins fresh and fresh begins”（新的一天，从新鲜开始）。客人可自由领取餐盘，进而沿着一条长达25米的沙拉吧台自选各式沙拉。调好味的沙拉有五种，之后陈列着

包含绿叶菜、玉米、黄瓜、青豆、西红柿、葵花籽、夏威夷果、糙米等数十种未加工的菜品。店里的蔬菜都是由自己的农场直供，新鲜无公害，选好后可自由调味，除了一般的油、盐、胡椒、醋等调味料，还有法式、香辣、蒜香、烧烤等十种风味的调味汁。

选好沙拉后，在一位美女收银员处结账，她会给你一个玻璃杯（喝冷饮）或者瓷杯（喝热饮），当然也可以两种杯子都拿，结完账后再进入主就餐区就餐。大家一定很奇怪怎么会有这种结账方式，我们来分析下这样安排的原因。设置了这样一道关卡后限制了很多客人，一般大家都会因为怕麻烦而选择一次性拿足够的沙拉就不再到沙拉吧台了，当然如果实在有需要，跟店员说明一下情况，他们也会同意你再次进入沙拉区的，所以这样安排肯定是因为沙拉是他们店铺成本最高的食物，自然希望通过减少客人选取次数从而控制成本。真是高明！通常成人的收费为12美元，带孩子的成人收费为16美元（成人加孩子一起的费用）。

主就餐区后又分好几个区块，分别是烘焙区、汤品区、通心粉区、饮料区、甜品水果区。我在烘焙区发现了一种新美食，叫作“Focaccia”，口感介于面包和比萨之间，大约两厘米厚的一片，中间充满了小气孔，表面铺着薄薄的芝士，很有嚼劲，总共有三种口味。旁边摆放着诱人的巧克力、蓝莓、坚果口味的松饼以及果仁巧克力饼。汤品区摆放着八种口味的汤，如罗宋汤、蘑菇奶油浓汤、黑豆汤、西兰花土豆汤等。这里也是店里唯一一处有肉的地方，这道有肉的汤就是“鸡汤面”，清淡香甜，很符合中国人的口味。店里还有一道特色菜——烤土豆，锡纸包裹着刚从地里挖出来不久的土豆，香甜可口，还透着股泥土的清新。小朋友最爱的就是甜品水果区了，奶油口味的冰淇淋淋上焦糖或者巧克力味的糖浆，再撒上奥利奥碎饼干和燕麦谷物、西米布丁、无糖型的巧克力慕斯……随时都能看到小朋友手捧着一大碗甜食。

餐桌上还摆放着店铺的宣传小册子，封面印着布满了露水的大红椒和“Fresh Opportunities”（新鲜机会）的字样，首页介绍了Souplantation的愿景、目标和核心价值，处处彰显着他们主打的绿色概念。册子里还介绍了他们的大型农场基地，有机会真想去看看美国的农场是怎样一番景象。

社区物业服务

“隆隆隆……”几乎每隔两天的早上七点多，我都会被这样的声音惊醒，这是我们公寓Parkwest 3800“四合院”的专属清洁人员在打扫卫生。现在是草木生长繁盛的季节，春雨过后遍地落花，所以一大早清洁人员就拿着割草机修剪花丛、草坪，然后用“大型吹风机”将落叶、落花聚拢到一块，最后用回收车统一处理。如此优良的清洁维护工作都要感谢欧文公司的物业管理好，而这只是其物业管理的一部分，此外还有屋内维修、社区绿化、泳池保养、停车场管理等。

有一次我租的房子水槽堵了，但那天是周日，维修工不上班，只好在物业管理处登记，他们安排维修工周一中午上门清理水槽，即使家里没人，他们可使用管理处提供的备用钥匙进屋维修，当然维修费用也都包含在物业管理费里了，如果门锁、排气扇、窗户等设备发

生故障也都直接找管理处报修即可。

Parkwest的绿化工作是出了名的好。进出社区的各条道路上都种满了爬藤的蔷薇花，到了阳光明媚的季节，火红艳丽的蔷薇缠绕着树藤蔓延开来，夹道欢迎住客归家。各户的门前是一排排齐腰高的绿色植物（可惜我叫不出名字），开满了粉白色的五瓣小碎花，它的花期很短，但凋零了两周后又会盛开，吸引了好些蜜蜂，真是神奇。社区里遍布着常青的各色树木，有风的日子坐在屋里就能听到树叶“沙沙”作响。在高处的树干上还有不少鸟窝，傍晚时分我总能看见门前的那棵高达二十米的树上，一只像大白鹭的鸟妈妈在喂窝里的宝宝们“吃饭”。

我每天的运动项目就是游泳加SPA，虽然我从来没碰见过清洁维护泳池、SPA池的工作人员，但是根据水质的干净程度可以分辨，他们大概一周清洁两次，而且都是早上进行的。游泳池和SPA池都有自动过滤和循环系统，所以池里的水总是青蓝青蓝的，让人有一种往里跳的冲动。

社区的物业工作做得这么好，首先得益于其管理的现代化和专业化，更得益于物业工作者的辛勤劳动，而且因为物业管理设备的高效、便捷，以及社区群众的文明、自律，整个社区良性发展、愈发和谐。

欧文的大学前教育

欧文市的优质教育是闻名遐迩的，不论是公立教育还是私立教育，在全加州甚至全美都是名列前茅，从而也吸引了不少海外移民。目前欧文市的市长是韩裔，也极为重视教育。

欧文的公立教育与广州类似，实行学区制，学生就近选择邻近的学区进入公立学校。欧文大部分区域被划入欧文联合学区，一小部分被划入Tustin联合学区（但两个学区的教育质量相差较大）。欧文联合学区的每一所公立学校几乎都荣获过州级甚至国家级的奖项，自1986年以来整个学区已经获得过“加州杰出学校奖”四十八次和“全美蓝丝带学校奖”十三次。其中蓝丝带是美国的中小学（不论公立、私立学校）所能获得的最高荣誉，取得这项荣誉的学校相当于国家重点学校。

维克多弟弟目前在公立小学就读五年级（美国的年级跟中国类似，小学六年，初中加高中六年），有一次看到他的作业里有化学元素周期表和美国各州地图，看来他们的基础教育抓得挺扎实。他的教育福利极好，五年级已经发了一部iPad，听他说六年级的时候就要发笔记本电脑了，都是与苹果公司的合作项目，发的机子都是经过特殊设置的，与家长签订协议，可以限制学生使用各种软件和网站的权限。

一般来说，美国的公立学校教育不如私立学校教育，但是在欧文两者的差距不大。欧文私立学校的规模比较小，需缴纳学费，所以班级人数少，每个学生都能得到充分的重视，教师因材施教，教学质量也较高。私立学校可以接收国际留学生，所以很多家长将孩子送来欧文接受优质的教育。接下来介绍欧文几家著名的私立学校。

Crean Lutheran 中学属于教会学校，对教学质量的要求非常严格，本地学生每年的学费为13 200美元，国际生18 000美元，不过这都不包括学杂费、注册费等。这种类型的学校中，《圣经》一般是必修课，他们将基督教义作为约束学生行为的一种方式，十分注重学生的道德品质培养。

Montessori是全美连锁性的私立学校，它分为三种类型：Pre-school（幼儿园小班、中班）、Kindergarten（幼儿园大班）、Primary school（小学1—3年级）。它们遵循一套独特的教学理念——孩子有绝对的自主权，让他们自己决定玩什么，学什么，老师作为"协助者"存在，启发引导孩子。学校的环境极舒适。

Fairmont私立学校是可以提供寄宿的私立学校，生源比较多元化，它的高中部是南加州最优秀的高中之一，其八年级和九年级课程曾获美国教育部的最高荣誉蓝丝带奖。它为国际留学生提供专业的预科语言课程，但它的学费也比较昂贵，平均每年约25 000美元。

欧文的商业发展

欧文市最近被《金融时报》评为2015—2016年度“全美经济最具发展潜力中小城市”第三名。对于欧文来说，这种类似的排名数不胜数，比如“全美最宜居城市”“全美最宜就业城市”“全美最安全城市”等荣誉称号。

欧文的气候、教育、住宅、就业市场等方面的优越条件促使其经济发展得生机勃勃：这里四季如春，气候宜人；大批进入知名学府的毕业生成为潜在劳动力（当然UCI的功劳非常大）；社区环境舒适，基础设施完善；每年有将近二十万个工作机会。

因此，大批企业选择将公司总部建立在这里，比较知名的包括博通（有线和无线通信半导体公司）、西部数据（硬盘和存储设备公司）、艾尔建（肉毒杆菌制造商）、爱德华生命科学（医疗器械制造公司）、暴雪（视频

游戏制作和发行公司）、Houzz（家装设计公司）等。不难发现，欧文形成了一个高科技产业集群，涵盖了医疗、通讯、软件、硬件等多个领域。欧文还拥有适合各类型企业发展的办公配套设施，会议室、多功能厅、健身房、咖啡室、安保系统等都属于基本配备，而且为了提供给职工们舒适的办公环境、激发他们的工作热情，很多公司的室内设计非常温馨，也富有创意。

此外，欧文还拥有一个极具影响力和创新力的商会——欧文商会，其作为橙县最大的商业组织，在美国的影响力不断扩大，并已经获得了“美国商会”的四星级认证（“美国商会”是一个代表多家企业和贸易协会的美国游说团体，由众多政策专家、游说家和律师组成）。它致力于保护欧文当地数百家企业的权益，增强企业竞争力，营造良好的经营环境，从而促进欧文的经济发展。

欧文韩国文化节

好不容易等到一个有云的周末（对我这种怕太阳的人来说，无孔不入的加州阳光显得过于猛烈了），背上背包踏青去！走在路上总觉得多了些什么，原来隔一段路就竖着一个挂着彩色气球的标牌，写着“节日停车位”。好奇怪，今天是什么特别的节日吗？一直走到市政厅，才看到“Irvine Korean Cultural Festival”（欧文韩国文化节）的标识，而且此时活动正在市政厅内举

行，所谓相请不如偶遇，那就进去瞧瞧吧。

穿过安静的接待大厅，推开一扇玻璃门进入市政厅的“后院”，这热闹的场面我在欧文还是第一次见。整个活动场地大概有一个足球场那么大，各个进出口都布置了彩色气球拱门，最远处搭建了一个小型的露天舞台，舞蹈演员正穿着韩服在表演韩国古典舞，这是场地内最热闹的地方了，台下挤满了观众捧场，之后还有精彩的跆拳道表演以及手鼓舞、假面舞等传统韩国舞蹈。场地周围环绕着数十个摊位，人气最旺的要属小吃摊，有紫菜包饭、花式年糕、人参点心、人参茶等韩式美食，比萨、炸鸡、汉堡、泡芙等美式小吃，还有土耳其烤肉、冰淇淋……最特别的就是土耳其冰淇淋了（请看文章结尾处的单独介绍）。欧文的几家知名机构作为赞助方出席文化节，看到自己的学校UCI还是倍感亲切的，金融界的富国银行和美国银行也来露露脸。还有不少韩国企业前来宣传，KIA汽车直接为最新款SUV设置了大型展台，大韩航空安排了抽奖活动，正官庄（主打人参保养品）找来了个“人参娃娃”吸引眼球……大家也都沉浸在文化节的热闹气氛中。

韩国文化节的主题自然是韩国文化的宣传，包括它的历史文化、艺术文化、饮食文化、礼仪文化等各方面。文化节上看到的也是韩国古典文化和现代文化相得益彰的画面。这不，跆拳道表演后，舞台上新潮的韩国美女们一阵劲歌热舞带动了全场气氛。

韩国的艺术文化特色鲜明，而且能看出受中国古文化的影响较深。比如，传统的韩国书法用的是汉字，韩字发明后才不断出现韩字书法，但其骨骼、神韵还是能看出中国书法的影子。韩国的绘画用色鲜艳，暖色调居多，内容以体现韩国民俗和优美风景为主，除了一般的纸张外，艺术家们还喜欢将画作绘在扇子、手绢上。韩国传统的手工艺品，如刺绣、包袱布、版画、纸艺等，都很精致，无不体现着手工匠人的精湛技艺、匠心独具。传统的“韩服”作为一项艺术瑰宝，由中国古代的汉服发展而来，颜色艳丽，雍容大方，一般只有在节庆、婚礼等场合下才会穿。

说起韩国的饮食，大家都会不由得想起“泡菜”，它可以算是韩国饮食文化中最具代表性的符号了，其种类和味道的丰富程度应该不下千种。韩国饮食以自然为本，主要特点为高蛋白、多蔬菜、喜清淡、重滋补，比较有代表性的有人参鸡汤、牛肉汤、石锅拌饭、药饭（主要材料为糯米、核桃、栗子、大枣、松子或者瓜子）等。韩国的饮食往往蕴含着独有的文化情结。比如传统小吃“米糕”，据说米糕有平安、诚心、爱心和孝心的含义，节日里可离不开它。除了美食本身，韩国的饮食很注重形式，餐具考究，再小份的小吃也要用精美的餐具盛放，所以吃个韩餐，餐具总是摆了满满一桌。

韩国是个重视礼仪的国家，崇尚儒教，尊老爱幼，民族自尊心强。在人际交往中，见面时传统的礼节是鞠躬问好，我去某个摊位拿个饮料，工作人员也跟我鞠躬鞠半天，让我都不好意思了。在抽奖环节，因为参与者没抽中任何礼品，他们又是连连鞠躬说抱歉，比没抽中的当事人还沮丧的样子。

欧文的韩国文化节今年已经是第六届了（市长是韩裔，待遇就是不一样），真没想到第一次体验韩国文化竟是在美国，品尝了地道的韩国美食，欣赏了精彩的文艺表演，还领略了传统的艺术文化……希望未来某一天有个华裔当上欧文的市长，搞个“中国文化节”，我一定继续捧场！

PS：土耳其冰淇淋

老板是一个挂着一脸银灰胡子的土耳其老爷爷。他在正式开卖之前先表演了一段“翻炒冰淇淋”来吸引食客，用特制的金属长柄勺将冰淇淋从容器里拉出一米多高都不会断，如此反复，冰淇淋跟随着他的长柄勺悬挂在半空中，惹得大家惊叹连连。这是因为土耳其冰淇淋比一般的冰淇淋黏稠。最搞怪的是客人要吃到这个冰淇淋极不容易。只见老爷爷先将一个空的冰淇淋脆筒递到一个小朋友手中，然后用长柄勺往上面装了一些冰淇淋，还未等小朋友反应过来，他就利用冰淇淋强力胶般的黏性，唰的一声将冰淇淋连同脆筒一起抢走了。看客先是惊住了，然后一阵傻笑……接着他又继续铲了两勺冰淇淋加在脆筒上，挑逗式地将冰淇淋递给小朋友。小朋友伸手要接，刚握到脆筒尖尖的底部，哗，老爷爷的手来了一个360度旋转，脆筒又回到了他手中。小朋友扑了个空，又是一阵傻笑……估计再不把冰淇淋给那小孩他就要急哭了，老爷爷将冰淇淋粘在长柄勺上，直接将脆筒放在了小朋友的手里，这次小男孩终于学聪明，赶紧牢牢握住，经过老爷爷这样一番耍宝，大家都想试试这个特别的冰淇淋了，即使无数次被他戏弄仍然很开心。

美国“清明节”
——国殇日

美国没有中国那样的清明节，美国人纪念逝去的亲人没有固定的日子，哪天想起来了就会带着一束鲜花前往公墓祭奠。因为美国是以基督教为主的国家，基督徒认为死者会进入天堂，将来还能和他们在天堂重逢。

在美国，与中国清明节最相近的一个节日叫作国殇日，是美国联邦的法定节日，定在每一年五月的最后一个星期一，悼念在战争中为国捐躯的战士。在国殇日，美国总统或者副总统及主要联邦官员将在阿灵顿国家公墓为无名烈士举行国家悼念仪式，包括奏国歌、鸣枪、献花等仪式。各州也会举行各种形式的纪念仪式，即使当天倾盆大雨，大家仍会在露天举行悼念活动，体现了对阵亡战士的敬意和怀念。在美国大大小

小的社区里坐落着无数个小型纪念碑、纪念墙或纪念石，雕刻着本地参加过第一次世界大战、第二次世界大战等阵亡将士的姓名，以此永久铭记他们为国捐躯的英勇事迹。

有些地方在“国殇日”举办的纪念活动别出心裁。比如在宾夕法尼亚州的葛底斯堡，举办了南北战争重演的活动；琼斯海滩曾举办过一场老军机表演，纪念第二次世界大战欧洲战场胜利七十周年；纽约市举办军舰周活动，航空母舰和其他军舰均开放供参观，以纪念美国海军和海军陆战队的将士……

美国军人为保家卫国，维护世界和平，不惜付出生命，他们表现出的英勇壮烈永为世人所崇敬。每一年的国殇日不仅仅是在纪念他们，也是在告诉世人如今的和平与自由来之不易。

Irvine Spectrum Center

Irvine Spectrum Center是欧文大型的购物中心之一，汇聚了Nordstrom、Macy's、Target等经典的美式百货公司，H&M、Forever 21、Levi's等服饰店，Cheesecake Factory、Dave & Buster's、Starbucks等餐厅、咖啡厅，将吃喝玩乐一站式服务进行到底。

漫步其中，我发现了几间特色店铺。1995年建成的Edwards 21电影院最有特色，它曾经是美国西部最大的电影院，每到夜晚门前会亮起五彩的霓虹灯，现在看起来还是非常气派。41 Olive专注经营不同风味的橄榄油和食醋，店铺内准备了碎面包和爆米花供顾

客蘸着橄榄油和食醋试吃。顾客选择好喜爱的口味后，只需拿着空瓶，打开“酒桶式”容器的龙头自己接即可。落基山巧克力工厂（Rocky Mountain Chocolate Factory）经营各种花式夹心巧克力、巧克力曲奇，特色产品是裹着巧克力和焦糖的大苹果、草莓、香蕉，现在还推出了海绵宝宝和雪宝（《冰雪奇缘》里的雪人）造型的巧克力棒棒糖。

整个购物中心处处透着热情奔放的西班牙风情，浅黄的暖色墙体、橘红的翘角屋檐、蓝色瓷砖修饰的喷泉、高挑的拱券门廊，搭配着复古怀旧的旋转木马、可爱多彩的小型摩天轮，伴随着穿梭于各大店铺的“小火车”、络绎不绝的人群（这在美国可不多见），好 派热闹的景象！

我想今天一定是美国的“好日子”，好多对新人在这里办聚会，新郎新娘身边也都围绕着不少穿着礼服的俊男靓女。听说美国的婚礼跟我们中国婚礼的“随份子”不同，美国的新人会提前在一家百货商场里做“婚礼登记”（Wedding Registration），列出一张满足他们实际所需的物品清单，当然有贵的也有便宜的物品，亲朋好友则来到这家商场选购清单上的物品，至于购买哪件就要看他们跟新人的亲密程度了，如果清单上物品都买齐了，新人也不会介意亲友们直接给钞票的。

看房记

看过海滨的小屋、山顶的豪宅、市区的别墅，不过都只是看个外观，对于里面的模样我早就想探个究竟。终于有了这样一个机会，跟着做房产经纪人的阿姨前往洛杉矶附近奥克斯纳德市的River Park社区参观他们最新开盘的两期房产，分别是The District和The Axis，两期各有三种户型可供选购，均是独栋别墅。

看房第一步是先在社区的"售楼中心"报个到。刚到门口我都没认出来这是售楼部，一间灰色的矮平房，门前冷冷清清，墙体上印着"Elacora"的标识（这个社区的开发商）。等到十一点上班时间，一位满头银发的老奶奶才打开门来让我们进去。她担任的工作跟咱们中国的"售楼小姐"是一样的，不过这里是"售楼奶奶"。整个售楼中心只有一个大厅、四个办公室和一个后院。大厅主要用于接待，社区的设计图、规划进程、户型介绍等都是在大厅以电子智能屏幕的方式呈现。四个办公室分别是处理与经纪人沟通业务、放款业务、打印复印业务以及“售楼奶奶”坐班用。这可是我见过的最朴实的售楼中心了，只能说“麻雀虽小，五脏俱全”。

The District三种户型的样品房就在售楼部旁，登记完就可以随意参观了。一条种满白色茶花的小道左侧，并排陈列着三种不同户型的二层独栋别墅。这三栋的面积约160—180平方米，美国的房屋在出售时所报出的面积，不包括阳台、车库、洗手间、壁橱、楼梯等，所以参观这些别墅时感觉比中国二百多平方米的房子还要大。这三种户型基本是三四间卧室、两三间卫生间、一个开放式厨房加餐厅、一个起居室、一个活动室、一间洗衣房、两个车位的形式，价格在45万左右。而The Axis的三种户型的面积要更大一些，约185—210平方米，房间的数量自然也更多，一般都有五间卧室，价格在50万左右。对于美国普遍的四口之家选择The District的户型就足够了。

我们总共看了六套样品房，装修风格或田园，或简约，或地中海，或复古，宽敞明亮、温馨舒适、典雅精致……几乎我能想到的所有唯美辞藻都可以用一遍了，每看完一套就有一种想直接搬进去的冲动，内心无数次地呐喊：这才是家嘛！

这时候一定要理智，奉劝看房者一句话：样品房永远是假象。当你真正买下自己的房子时可不是这副模样，开发商只会提供三种标准装修样式，当然，这样基础的装修也绝对是“拎包入住”的水准。如果你想要更柔软的地毯、更健康的地板、更高档的大理石等，就要升级装修材料，那么价格自然也就往上涨。所以对于生活品质和居住环境要求很高的人来说，不如把房子包给装修队，请他们更换更好的材料，这要比在开发商那里升级划算得多。

房屋的设计也都非常人性化，比如充分利用楼梯下的空间建造储物间；厨房或餐厅内必备专门的食品储藏室；浴室与厕所做隔离处理，互不影响；开放式的厨房，与餐厅相连，非常适合家庭聚会……房屋还处处体现着“科技引领生活”的特色，中央恒温空调、中央热水器、室外自动喷灌系统、垃圾处理系统、中控安防系统……一切都为了业主的舒适便利着想。

看完房后感觉意犹未尽，我们又乘车感受了下小区的环境——公园、游泳池、健身房这些配备都已经很齐全了，距离超市、卖场等也很近；美中不足的是幼儿园、小学等还在规划当中。期待它们早日建成的一天吧！

购物中的经济学小知识

今天我逛了逛南加州最著名的奢侈品购物广场南海岸购物广场(South Coast Plaza)。这里云集了全世界二百五十多家名品店，Hermès、LV、Prada等一线时尚品牌均占有一席之地，美国六家著名的大型百货公司Macy's、Nordstrom等也汇集于此。这里简直就是购物狂们的天堂，时尚达人更将这里喻为“第五大道”和“巴黎左岸”。

这里如果仔细逛的话，估计三天三夜也逛不完。我逛了两小时后已经是又累又渴了，于是花了1美元买了瓶矿泉水。我拎着水瓶走进了Tiffany & Co.(蒂芙尼，著名的珠宝店)，一边喝着水一边看着柜台里闪闪发光的钻石，脑海里不禁浮现出经济学界一个有趣的故事——“水和钻石”。

众所周知，人的生命中离不开水，但是钻石则是可有可无的，水的重要性绝对高于钻石，可是为什么我手中的一瓶水只要1美元，而柜台里最小的一颗钻石也要3 000多美元呢？

这就要从商品的“供给”和“需求”两方面来解释了。水的需求是巨大的，而且是必需品，经济学中解释为水的需求价格弹性小；但是水的供给也是巨大的，厂商很容易生产并提供水，因此水的供给价格弹性大。反观钻石，其数量本来就少，开采及制作工艺等难度更是加大了它的供给难度，人们对它的需求也并不是那么强烈，所以钻石具有很大的需求价格弹性、很小的供给价格弹性。

逛街之余思考下经济学知识，也不枉做一名经济类专业的学生啦！

在美国做慈善

欧文在美国算是治安极好、生活水平极高的城市，从未见到在路上乞讨或流浪的人，但是即使如此还是有需要帮助的人群存在。不过他们寻求帮助的方式很特别，我们宿舍今天就合力做了次慈善。

大约傍晚七时，突然有人敲公寓的门，打开门来，是一个戴着黑色棒球帽、黑框眼镜，穿着白色篮球运动服的黑人男孩，二十多岁，手上拿着一个装满文件的文件夹。随即他做了个自我介绍。他叫汤米，正在为找工作而寻求好心人的帮助。室友们也都闻声前来。

汤米说他的家庭目前陷入了困境，他希望趁暑假打工实习赚学费，以继续完成他的学业。他正在应征一份杂志社的兼职工作，但是前提是他必须签满十张订阅杂志的订单，每份订单是20美元，所以他希望我们可以帮助他签一份订单，目前他已经拿到八张订单了。为了证明他说的都是实话，他还展示了他手中所有的文件和他的ID卡、驾照。对于他的境遇我们非常同情，而且也非常钦佩他的勇敢、独立，所以四个人商量了一下，每人凑了5美元，订阅了一份杂志。希望我们小小的力量可以帮到他！

回收垃圾有学问

突然想写回收垃圾这个话题，是因为我看到一条国内新闻：据调查，九成清洁工被垃圾伤过手，网友呼吁玻璃、刀片、鞭炮等垃圾处理后再丢弃。新闻中还配了图片，是一只带有多处创伤和血迹的手。看到这样的新闻是很令人心痛的。清洁工是社会的弱势群体，工作环境艰苦，现在连基本的人身安全都得不到保障，要彻底改善这一局面还有太多工作要做，科技的进步、基础建设的投入、国民素质的提高等。我将在美国看到的大家处理垃圾的方式做个介绍，希望能对中国的回收垃圾事业有所帮助。

以公寓式社区为例，社区内不同方位会建一个垃圾房，垃圾房内有两个大型垃圾箱，一个用于装普通垃圾，另一个用于装可回收垃圾，包括塑料、纸制品、易拉罐等。每周两辆巨型垃圾车会定期开进社区，一辆负责普通垃圾，一辆负责可回收垃圾，全程机械化作业，垃圾车上的机械手臂将垃圾箱举过车顶，全部倒入垃圾车内。一般的厨房垃圾，水槽内的粉碎机可以直接处理，随下水道流走。

至于别墅社区，每一户都有三个垃圾桶，分别用于装普通垃圾、可回收垃圾和树叶箱（针对有草坪、灌木丛的家庭，修剪后将树叶、杂草倒入这个垃圾箱）。垃圾车每周来收一次，户主要在当天将垃圾桶摆在家门外的街道旁，垃圾收走后再将垃圾桶挪回院中或车库中，以免影响街道卫生。垃圾回收公司会在网站和社区内公布每周回收垃圾的时间，除非遇到公休日调整，一般都是固定时间的。

关于垃圾分类，垃圾回收公司的网站上都有详细的说明，如何判定可回收的物品以及应该如何处理。例如纸盒类的回收物需要先拆解压平，容器类的回收物要将容器内的物品清除干净，等等。其实这些垃圾初步分类工作并不是强制的，但是一般美国居民都会这样做，再加上长期环境保护的宣传工作，大家已经将垃圾分类作为一项义务在履行。

一些特殊的垃圾，比如大型的家具、家用电器、衣物等，在欧文市的公寓社区可以“捐赠”的方式放在家门前或者垃圾箱附近，任何人都可领取，如果长期无人领取会被当作可回收垃圾回收。捐赠者也可以直接把这些物品送到“捐赠中心”去。有些小区还有专门的衣物回收箱。针对别墅社区，住户可以找垃圾公司预约处理大型垃圾，每月有免费处理四件大型垃圾的额度，超过四件需要收取一定的费用。不过有些州、市的规定比较严格，对于这种大型的垃圾一定要居民送到指定的回收地点，如果随意丢在社区的垃圾箱旁他们会调查取证找出丢弃者，并对其进行罚款（美帝的这一做法倒是挺不人道的）。有一次帮忙整理朋友家的花园，整理出几大袋石头，我心想丢到垃圾箱吧，没想到友人说石头的处理比较麻烦，要自己开车运到海边的碎石堆积处……

回收垃圾这件事要从每个居民自身做起，这样既能减轻清洁工的工作负担，也能保护环境，何乐而不为呢？

十年《老友记》

说到美国文化，绝对离不开美剧，它们风靡全球，已经成为人们生活的一部分。其中最经典的《老友记》更是在美剧发展史上画上了其浓墨重彩的一笔。

《老友记》是一部情景喜剧，主要围绕六位好友在纽约曼哈顿的日常生活展开，该剧历经十载光阴，从1994年推出到2004年完结共十季，在超过一百个国家播放，它的影响力使其成为一部难以超越的经典之作。

细数剧中的点点滴滴，莫妮卡是个永远充满斗志和不服输的坚强女生，打扫卫生和烹饪是她最爱做的事情，虽然有着严重的强迫症，但是也无法阻挡大家对她的喜爱。莫妮卡的哥哥罗斯是个痴迷于恐龙的古生物学家，有时很呆板，傻得可爱，他对瑞秋执着的爱和不计回报的付出令人动容。瑞秋曾是个富家千金，她逃婚后遇到这帮朋友才开始慢慢改变，从一个连咖啡都不会煮的娇小姐变成了独立、成熟的时尚圈女强人。钱德勒是幸运的，他幽默搞怪，作为罗斯的大学好友，最终娶到了美丽大方的莫妮卡，领养了一对可爱的双胞胎。菲比绝对可以用古灵精怪来形容，虽然她身世悲惨，但这并没有影响她善良包容的本性，最终她也收获了属于自己的幸福。乔伊最爱的两样东西是美女和美食，虽然花心，但遇到真爱还是会付出真心，他单纯幼稚，为朋友两肋插刀……我太爱这部剧，它对于我来说远远不止一部喜剧那么简单，它更像是一剂精神良药，带给我无限欢乐，教会我无数的生活道理。

跟身边很多朋友聊起《老友记》，发现大家和我一样，看了不止一遍，而且百看不厌。我想或许这份热爱就源于我们对生活的热爱吧。我们陪着剧中人一起欢乐，一起感动，因为它就是现实生活的写照，讲述着平常人的友情、亲情、爱情，分享着各自的酸甜苦辣。

虽然《老友记》早已完结，但是现实版的老友记还将继续上演，只要心中有爱，生活就会更美好。

美国人如何投资

连日来中国股市经历了过山车式的震荡，短短两星期上证指数从5000点跌至3700多点，千只股票跌停板俨然将A股变成了“绿化带”……回想当年的黄金价格暴跌、各地房地产泡沫危机、比特币的惨淡……可是似乎每一轮的投资惨败后，仍有大批不具备投资常识、跟风抄底的投机人跃跃欲试，历史不断重演。反观资本市场较为成熟和规范的美国，民众们又是如何做投资的呢？

美国有一项“养老金计划”——401K，即将工资收入的10%放入该计划中，由专业的投资公司进行管理，可进行多样化的分散投资，例如股票、共同基金或债券等，以达到保值增值的目的，退休后这笔钱将作为他们养老的保障。

除了“养老金计划”，很多中产家庭还有部分闲钱自己进行投资，他们一般会向专业的投资理财顾问寻求帮助，美国的投资理财顾问是受美国金融监管局监管的，他们会依据客户的收入状况、心理承受能力、资产价值等因素协助其投资。

美国人最喜欢投资的是股票，因为它的回报率最高，而且股票市场相对规范，通过基本面的分析就可以计算出一只股票的合理价位，其监管机构美国证券交易委员会在维护股市的公平公正交易上做了非常多的工作，严厉打击内幕交易。除了股票外，美国人还非常青睐共同基金，因为其安全性和收益率都较高。此外，债券、外汇、期权等产品也为他们提供了更加多元化的投资渠道。

比起中国人，美国人很少将资金投资到房地产市场，这是因为美国的房产投资回报率低。一方面投资房的贷款利率要高于自住房，另一方面需为投资的房产缴纳地产税以及房屋交割费等。最后即使房屋增值幅度巨大（鲜有发生），人们还要上交一大笔盈利税收。

不管是中国市场还是美国市场，都要记住一句："投资须谨慎！"

美国独立日

1776年7月4日是美国的“独立日”，相当于中国的“国庆节”。美国曾是大英帝国的殖民地。最初英国殖民者在北美东部建立了十三个殖民地，即早期的十三个州。随着殖民地经济的发展，其与英国政府之间的矛盾越来越深，最终殖民地人民开始反抗英国政府的高压统治，走上争取民族独立的道路。1776年7月4日《独立宣言》颁布，正式宣告美利坚合众国的独立。

每年的7月4日，全美都会举行大大小小的庆祝活动，最具代表性的就是费城的自由钟敲钟活动，当年《独立宣言》就是在这里签订的。各州各市都会组织庆祝游行，这种游行都是自发的，人群拥着彩车、乐队自由行进，浩浩荡荡，载歌载舞。到了晚上还会举办烟花表演，一般在湖边或者海边，大家铺着毯子坐在地上，聊天喝酒吃东西赏烟花。各家各户通过悬挂美国国旗、聚会来庆祝独立日。奥巴马总统一家也在白宫内与美国官兵及家属一同参与庆祝活动。我们社区当晚举办的就是泳池烧烤聚会，年轻人兴高采烈地往泳池里跳。

独立日当天，大家都以不同的方式尽情地表达着自己的爱国之情。美国作为一个多元文化社会，不同的人种、文化、宗教在此碰撞融合，真正将美国人凝聚在一起的是独立和自由的意志。正如《独立宣言》中所说："造物者创造了平等的个人，并赋予他们若干不可剥夺的权利，其中包括生命权、自由权和追求幸福的权利。"

闻所未闻的二手房买卖规则

1. 美国买卖二手房涉及买方、卖方、买方经纪人、卖方经纪人、买方律师、卖方律师等多方关系。买卖双方自看房开始到签订买房合同都不会见面，也不知道对方的身份，所有流程都由双方的房产经纪人、律师代理。

2. 美国的房源信息针对所有房产经纪人公开，不存在不同经纪人手头的房源不同的情况，不论对于买房者还是卖房者而言，关键都是要找到一个靠谱的经纪人。

3. 看二手房一定要有经纪人带领，私人买主无法看房。一般买方经纪人要与卖方经纪人先行预约，看房的时候经纪人需要在屋内留下自己的名片。

4. 买卖二手房所产生的税费、双方经纪人的劳务费、律师费均由卖方承担。

5. 看二手房时，有的房屋处于“开放”状态（无需预约，买方经纪人可直接带买房的客人进入屋内看房），卖方的经纪人会在屋内接待，买方当场就可以与卖方经纪人谈房屋交易的细节问题。但大部分房屋是由一个电子密码系统管理，买方经纪人使用电子密码解锁器解锁，即刻向系统上传“进入房屋”的信息，系统认证后解开密码锁，就有一个小盒子弹出，里面装有房屋的钥匙，待客人看完房后再将钥匙放回小盒子里，重新放回电子装置中。所有人进出房屋的信息都会自动记录至看房系统中，既收集了信息又保证了安全。

6. 正在出售的二手房都会经过精心的布置，八十年代的房屋都保养得非常好，即使未摆放家具的房屋也都精心收拾过，几乎都有七成新甚至近新的成色。有些屋内还会摆放些水和小零食，供看房者享用，服务非常到位。这些布置的“小心思”往往会增加客人对房屋的好感度。

7. 买方如果看中某套房屋后，就正式委托经纪人与卖方谈价格。好的房源往往同时有好几个买家竞价，而且所有价格信息都是公开化的，一般都是出价高者得。

一张得来不易的支票

终于拿到联邦快递的文件袋，取出一张“沉甸甸”的支票——这张得来不易的支票，还得从半个月前我被取款机吞钱开始说起。

美国的银行类金融机构众多，大家熟知的有花旗银行、美洲银行、大通银行等。各大银行的取款机都与中国银联有合作，所以在美国用中国银联卡取款非常方便，支付一定的手续费即可。我当时在国内办好了一张华夏银行储蓄卡，这张卡的优势是在境外每天第一笔取款免国内银行的手续费。经过我在欧文各大银行的取款机上实验，在一家叫作SchoolFirst联邦信贷联盟的取款机上单日取款限额最高，为每天1 000美元，而且SchoolFirst收取的手续费相对较低，一单是2.75美元。

当日我用华夏银行卡取出1 000美元后，出于携带方便和安全的考虑，就继续使用这台SchoolFirst的取款机，往一张大通银行的储蓄卡中存入这些现金。谁知悲剧自此开始了：首先这样操作是行不通的，SchoolFirst的取款机上无法使用大通银行的银行卡，所以正常情况下取款机会将现金和储蓄卡都退回。可是偏偏我倒霉，遇到取款机故障，导致交易失败，虽然银行卡被退回，可所有现金都被吞了。

这事要是发生在国内，立马拨打取款机所属银行的电话说明情况，还有监控录像等佐证，应该还是好解决的。可这里是美国，此项业务牵涉着两家银行机构，取款机设在超市内，银行无权放置监控录像，取款机突然发生故障，无法提供给我任何收据，而且取款机上也没有标明任何联系电话，因此问题处理起来棘手很多。

我给两家银行机构的紧急联络中心都打了电话，客观来说两家银行的服务都不太靠谱，但是大通银行的办事效率要比SchoolFirst高一些。第一，从接通电话的时间来看，大通银行一分钟之内可以联系到客服代表，而且全年无休，二十四小时不间断服务。SchoolFirst的客服有特定的工作时间，而且足足让我等了十分钟才接通。第二，两家相互推卸责任，都不主动为顾客解决问题。大通银行让我联系SchoolFirst核对账目，SchoolFirst让我联系大通银行发起一笔交易申诉。通过不下十个电话的沟通，我只能选择先向大通银行发起这笔交易的申诉，他们在工作日给出了回复，直接拒绝了我的申诉，因为他们的系统里完全查找不到有关这笔交易的任何痕迹。估计1 000美元存进取款机时，还没有反馈至大通银行的系统中就出现了故障。

接下来我只能与SchoolFirst不断斡旋了，继续联系他们的客服代表。每次他们都会先“教育”我一番不能用他们的取款机往大通银行存钱。即使不能这样操作你们也不能吞了我的现金后不理睬不作为呀！居然还提出需要华夏银行出具取款证明等匪夷所思的要求。不论我如何解释他们在做清算时一定会发现多出了1 000美元的事实，他们就是不停地推脱。实在是找不到任何办法时，我只能感叹了句：“看来我只能找警察协助了，既然你们无法通过清算系统或者监控录像来证明我说的是实话，或许警察可以帮忙。”没想到客服人员一听到这里态度立马发生了180度的大转变，先是劝我不要着急，他们一定会帮忙解决问题的，接着帮我联系他们的主管，并接通主管的电话来协助。主管了解具体情况后，说会跟清算部门和会计部门核查，发现多出的现金后会尽快联系我。

他们突然的积极让我很是诧异，没想到警察的威力这么强大，或许他们也是担心这会影响到机构的声誉，好在总算是愿意帮我解决了。不过可别小看了他们所说的“尽快联系”，我足足等了一个星期也没等到回复。常年生活在美国的朋友劝我不要指望他们会主动联系，客户自己必须积极主动地每天一个电话打过去询问进度。我拨通电话后又被告知主管出差了……好在他们重新给我安排了一位靠谱的工作人员姜宁(Janning)。接下来的事情要顺利了许多，虽然我还是要每天至少一个电话追踪，不过比之前不理不睬要好得多了。经历过无数次打击的我现在要求已经很低了。

在发生吞钱事件的第十八天，我终于就要收到SchoolFirst寄出的支票了，可即使收快递这样的小事也没能让我省省心。通过网络查找我发现快递已经被送达了，还被一个叫JJ的人签收了，这怎么可能呢？难道是快递送错了还被冒领？不会这么倒霉吧！询问联邦快递的客服人员，原来是寄到了公寓的租房中心，工作人员帮我签收了快递。

当我领到这张支票的时候，内心更多的不是开心，而是无奈，心头浮现出无数个如果。如果当初我不图方便用SchoolFirst的取款机存钱，如果取款机没有发生故障，如果SchoolFirst和大通银行不互相推脱责任，如果SchoolFirst的客服人员能早点联系主管协助，如果这位主管能急人所急，服务高效一点……只可惜没有这些如果。

★小贴士

美利坚小趣闻：

如果家长留十二岁以下的孩子单独在家，邻居或者路过的人看到是可以报警的。美国对儿童的保护非常规范。

饮食习惯：

美国人基本都不喝热水，他们去哪里都喜欢叫杯冰水配餐，长期在这里生活的中国人也被同化了，都是铁打的胃一般。

老美的午饭总是简单对付，一个三明治，一个墨西哥卷，即使在家里也是烤个速冻比萨，简单生活。

car pool：

美国的高速路上有一条car pool车道，即共乘车道，只供车上乘坐两人（包含司机）或两人以上的车辆使用（一般的机动车上只有司机一人）。设置此车道的目的在于鼓励共乘、使用大众运输工具以缓解交通堵塞，所以交通高峰时段会出现唯独car pool车道畅通无阻的现象。

新年的钟声敲响了，接踵而来的居然是"大姨妈"，三更半夜的出去找24小时超市，真心不好找啊……寒风瑟瑟吹得我心灰意冷，最后在一个加油站的犄角旮旯里找到了"救命稻草"，感谢上帝！

终于见到了传说中的"Hollywood"山脊标语，只有在远处才看得到。好莱坞的星光大道名不虚传，繁华热闹，街道两旁有很多行为艺术家，比如"蜘蛛侠""海绵宝宝"等，还有街头艺人用喷漆作画、为路人捏塑像、乐队表演。

在美国拿了绿卡的人就可以享受作为居民的权利，例如看病、生孩子免费，进养老院免费，停车免费。难怪那么多人想跑到美国来生孩子。路上随处可见中国孕妇。